U0140932

神机妙算

应 用 题

一 年 级

丛书主编　吴庆芳

分册主编　涂　念

参　　编　李天祥　傅传稼　王　飞
　　　　　李永华　佘雄超　李小平
　　　　　肖茂林　谭则海　夏朝亮
　　　　　扶文忠　冯培生　顿中英

机械工业出版社

图书在版编目（CIP）数据

神机妙算. 应用题. 一年级／吴庆芳主编；涂念分
册主编. —北京：机械工业出版社，2011.3
ISBN 978 – 7 – 111 – 33630 – 3

Ⅰ.①神… Ⅱ.①吴…②涂… Ⅲ.①小学数学课 –
应用题 – 习题 Ⅳ.①G624.505

中国版本图书馆 CIP 数据核字（2011）第 034569 号

机械工业出版社（北京市百万庄大街22 号 邮政编码 100037）
策划编辑：崔汝泉 责任编辑：崔汝泉 王 虹
责任印制：杨 曦
北京鑫海金澳胶印有限公司印刷
2011 年 5 月第 1 版第 1 次印刷
169mm×239mm · 7.75 印张 · 120 千字
标准书号：ISBN 978 – 7 – 111 – 33630 – 3
定价：15.50 元

凡购本书，如有缺页、倒页、脱页，由本社发行部调换

电话服务　　　　　　　　　网络服务

社服务中心 ：（010）88361066
销 售 一 部 ：（010）68326294　　门户网:http://www.cmpbook.com
销 售 二 部 ：（010）88379649　　教材网:http://www.cmpedu.com
读者购书热线 ：（010）88379203　　**封面无防伪标均为盗版**

前　言

　　为了激发同学们学习数学的兴趣,培养同学们的数学学习与应用能力,提高同学们的数学成绩,我们组织长期工作在教学一线的小学数学特级教师、高级教师,依据《小学数学课程标准》和各版本小学数学教材,编写了"小学数学神机妙算"丛书。该丛书包括"口算 心算 速算 巧算"、"应用题"、"必考题"、"易错题"、"计算题"、"奥数题",各分为 1～6 年级各一册,其中"应用题"、"必考题"和"易错题"分别另加小升初总复习一册。该丛书 6 大类共 39 个分册。

　　"应用题"是本次推出的新品种之一。我们严格依据各版本教材的上、下册内容,确定每个年级的内容;再依据选定的内容细分小知识点专题,每个知识点下分若干练习,另设"单元综合练习"、"学年综合练习",书后设"全国小学生数学神机妙算杯——应用题竞赛卷"及参考答案。每单元开篇设以下三个栏目:"知识点击"是呈现所在单元的概念、公式、法则、定理等数学知识;"技法上传"是归纳怎样做好本单元应用题的方法;"例题示范"是精选经典例题 2～3 道,按"例——分析——解答"的顺序进行分析指导。每个练习设以下两个栏目:"一句话秘方"是用一句话呈现做好该知识点应用题的秘方。"一站式训练"是精心设计的应用题。商业上讲的一站式服务,讲的是只要客户有要求,一旦进入某个服务点,所有的问题都可以解决,没有必要找第二家。"一站式训练"据此而得名,旨在让学生做完这一面的练习,涉及该知识的应用题都能快速准确地完成,不需要再做其他的应用题练习。同学们掌握了本册书的应用题,无论是平时的数学练习,还是关键的数学考试,一定会取得令人欣喜的成绩。

　　"神机妙算"系列,体例独特、设计合理、编排科学,给人以耳目一新的感觉。关键是该丛书内容的设计切合实际、题量丰富、题型新颖,既重基础又重技能,既重训练方法又重训练过程,既可作教案又可作学案,既实用又好用。可谓一册"神机妙算"在手,让你学习数学无忧,助你学习数学夺冠!

编　者

目　录

一、数一数

知识点击

数数是根据具体个数的物体说出它的数量来,如:1面红旗、5支铅笔、8朵花、9棵树等等。

技法上传

数数时根据物体的个数按一定顺序数,数到最后一个是几就是几,可以用 1~10 这 10 个数中的某一个数表示。

例题示范

例1 下面共有多少个🎈?

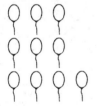

分析:数🎈有两种数法:一是从上到下一行一行地数;二是从左往右一列一列地数。

数法一:从上到下先数第一行,再数第二行,再数第三行,直到数完,共有 10 个🎈。

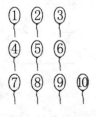

数法二:从左到右先数第一列,再数第二列,再数第三列,直到数完,共有 10 个🎈。

解答:共有 10 个🎈。

例2 下面的点分别代表小磊和小明家的电话号码,你能写一写吗?

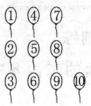

小磊家的电话号码是( )。

小明家的电话号码是( )。

分析:每一格有几个点,就用数字几表示,空格必须写"0",不能漏掉不写。

(1)从左往右依次有 7、2、8、6、5、3、4 个点,所以小磊家的电话号码是:7286534。

(2)从左往右的点数依次是 4、2、0、6、8、6、5,所以小明家的电话号码是 4206865。

解答:小磊家的电话号码是:7286534。

小明家的电话号码是:4206865。

1. 数 一 数

一句话秘方

数数时，一个一个地点数，数完为止。

一站式训练

1. 数一数，下面的东西各有多少个？

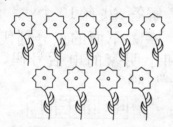

（　　）朵花

（　　）个梨

2. 每只小狗啃一根骨头，请你猜猜屋里住了几只小狗？

3. 玩滑梯。

星期天的公园真热闹，小动物们一起来到公园里玩滑梯，大家排好队，从前往后开始报数，轮流上去玩滑梯。你知道小兔子和小山羊分别是第几个上去玩滑梯吗？

4. 森林运动会。

_____座🏠　　　_____个🍎

_____只🐑　　　_____朵🌸

_____棵🌳　　　_____棵🌿

_____只🦆　　　_____只🐐

2

2.单元综合练习

 一句话秘方

数数时按一定的顺序数，这样就不容易重复或遗漏。

 一站式训练

1. 你能数出它们的数量吗？

 有（　）只

🌳 有（　）棵

🌊 有（　）朵

🛶 有（　）条

🦋 有（　）只

🧒 有（　）人

🌷 有（　）朵

2. 你知道有多少个小朋友参加演出吗？

3. 两个跳舞的小朋友中藏着哪些数字？你能都找出来吗？

4. 猜一猜，它们家的电话号码是什么？

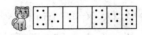

小 猫 家 的 电 话 号 码 是
（　　　　　　）。

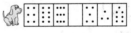

小 狗 家 的 电 话 号 码 是
（　　　　　　）。

5. 数一数，有几只青蛙跳进水中？

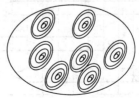

3

二、比 一 比

🧙 **知识点击**

1.同样多是指两组物体一个对一个,正好都对上,任何一组都没有多余的,而两组物体一个对应一个,其中一组有多余的,我们就说这一组的数量比另一组多些,也可以说另一组的数量比这一组少些。

2.把水平放置的物体的长度的比较叫比长短,把垂直摆放的物体的长度的比较叫比高矮。

🐻 **技法上传**

1.用一一对应的方法比较物体的多少。

2.比较物体的长短时,先将物体的一端对齐,然后看另一端确定长短。

3.比高矮的方法:(1)直接比。(2)做记号比。

🍆 **例题示范**

例1 比一比,哪支铅笔最长?哪支铅笔最短?

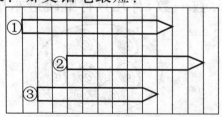

分析:三支铅笔两头都没有对齐,要比较出哪支铅笔长,不能只看一端,在这里可以用数格子的方法:①号铅笔占10格,②号铅笔占9格,③号铅笔占8格。所以①号铅笔最长,③号铅笔最短。

解答:①号铅笔最长,③号铅笔最短。

例2 比一比,谁比谁多?谁比谁少?

分析:我们可以把盘和杯子一个对着一个比,发现🥤有多余的,说明🥤比🍽多,反过来说,🍽比🥤少。

解答:🍽比🥤少,🥤比🍽多。

例3 谁最重?谁最轻?

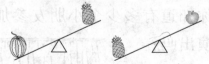

分析:从图上看出,🍉比🍍重,🍍比🍎重,所以🍉最重,🍎最轻。

解答:🍉最重,🍎最轻。

1. 比多少　比大小

一句话秘方

> 用一一对应的方法比较物体的多少,从多余的部分可以看出较多物体比较少物体多的数量。

一站式训练

1. 比一比,谁多? 谁少?

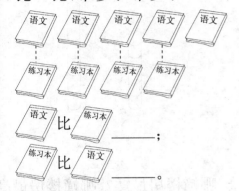

2. 动物乐园。

(1)

(2)
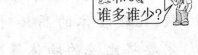

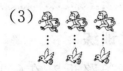和谁多谁少?

(3)

和 谁多谁少?

3. 这是小方家和小丽家的衣柜,比一比,哪个大? 哪个小?

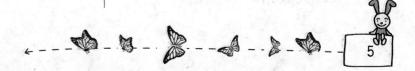

2. 比高矮　比长短

比较物体长短时，先将物体一端对齐，再观察比较；比较物体的高矮时，一定要将比较的物体置于同一水平面。

一站式训练

1. 小熊回家哪条路近？在○里面"√"。

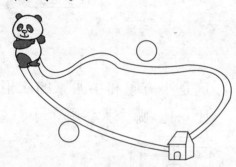

2. 从大象馆到虎山，走哪条路近？在（ ）里画"√"。

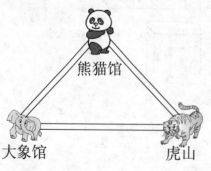

（1）大象馆——虎山（ 　　 ）

（2）大象馆——熊猫馆——虎山（ 　　 ）

3. 哪根绳子最长？哪根绳子最短？

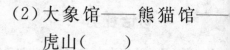

4. 哪根竹竿矮？哪根竹竿高？

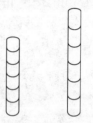

5. 哪幢楼房最矮？哪幢楼房最高？

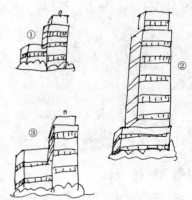

3. 比轻重 比厚薄

> 比轻重时,以简易的天平为工具进行观察判断;比厚薄时要充分发挥我们的想像力和推理能力。

 一站式训练

1. 鹿和大象,哪个重些?

2. 下面两条被子,哪条重些?

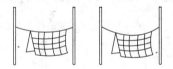

3. 在天平上比重量,比一比,谁轻谁重,按从重到轻的顺序排列。

4. 两件衣服,哪件厚?哪件薄?

5. 两条被子,哪个厚?哪个薄?

6. 两块蛋糕,哪个厚?哪个薄?

7. 两团毛线,哪个重?哪个轻?

4. 单元综合练习（1）

一句话秘方

比较物体的多少、长短、高矮、轻重的方法有多种，但首先我们要学会观察分析，然后选择正确的方法进行比较，最后得出结论。

一站式训练

1. 数一数，再比一比。

(1) 🐝有（   ）只，

🐝有（   ）只，

🐰有（   ）只，

🐭有（   ）只。

(2) 选择正确的打"√"。

🐝 比 🐰（多、少）

🐝 比 🐭（多、少）

2. 小猫吃鱼。

(1) 哪只小猫吃掉的鱼多？

(2) 哪只小猫吃掉的鱼少？

3. 比一比哪个小朋友先回家？

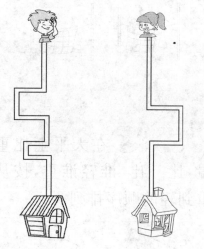

5. 单元综合练习（2）

一句话秘方

比较物体的长短、高矮、大小、厚薄等,必须仔细观察,才能正确比较。

一站式训练

1. 下面三根绳子,哪根最长? 哪根最短?

2. 小猫吃鱼,谁走的路近?

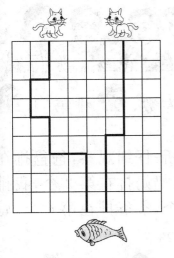

3. 三只小兔,哪只小兔最高? 哪只小兔最矮?

4. 这辆汽车能从桥下通过吗?

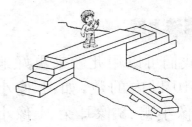

5. 哪种动物最多?

三．10 以内数的认识

 知识点击

1.10 以内数的顺序是：0、1、2、3、4、5、6、7、8、9、10。0～10 中的每一个数都是在前面一个数添上 1 以后得到的。

2.一个数有两种含义：一是基数，表示物体的数量，二是序数，表示物体的位置。

技法上传

我们可以用儿歌来更好地记住 10 以内的数，如：1 像小棒、2 像小鸭、3 像耳朵、4 像小旗、5 像秤钩、6 像哨子、7 像镰刀、8 像葫芦、9 像小兜、10 像小棒和鸭蛋。

例题示范

例1 这辆汽车共有多少个轮子？

分析：小朋友，想一想还有哪些地方是你看不到的？汽车左边有 2 个轮子，右边也有 2 个轮，所以一共有 4 个轮子。

解答：这辆汽车共有 4 个轮子。

例2 你能说出下面公鸡中藏着哪些数字吗？请写出来。

分析：从不同的角度仔细辨认，找出我们学过的阿拉伯数字。

解答：0、1、2、6 各用一次，3、4、5 各用两次。

例3 我的全家福。

从左数， 排第□，　　排第□。

分析：仔细观察，爸爸排在第 1 个，奶奶排在第 2 个，我排在第 3 个，爷爷排在第 4 个，妈妈排第 5。

解答：　　排第 3，　　排第

1. 10 以内数的认识

一句话秘方

数具体个数的物体时，可以一边用手指着物体，一边数出相应的个数，这样有利于建立数的概念，千万不要空数。

一站式训练

数一数，小动物们手里有几个气球。

我有（　）个气球

我有（　）个气球

我拿着（　）个气球

我拿着（　）个气球

2. 小动物们分别找到的食物有几个？

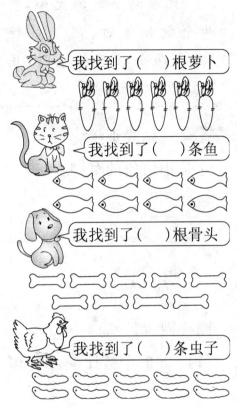

我找到了（　）根萝卜

我找到了（　）条鱼

我找到了（　）根骨头

我找到了（　）条虫子

3. 小老虎必须按照 10→9→8→……→1 的顺序才能走出这座草莓迷宫，你能帮它画出正确的路线吗？

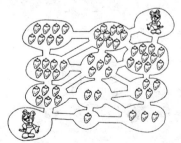

2. 比 大 小

 一句话秘方

比较两个数的大小，当两个数相等时，用"＝"连接；当两个数不相等时，用"＞"或"＜"连接。

 一站式训练

1. 这是小白兔的菜园。

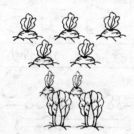

圈一圈，写一写。

(1) 🥕 的个数比 🥔 （多少）

    5○2   2○5

(2) 🥔 的个数比 🥬

    （多 少 同样多）

    2○2

2. 生日聚会。

祝你生日快乐

(1)

和 _____ 3○

(2)

比 _____ 3○5

(3)

比 _____ 3○

3. 比年龄。

小妍 我__岁了   我__岁了 小霞

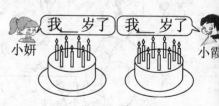

小妍和小霞谁大些？

12

3. 数的分与合

一句话秘方

一个数分成几和几，可以将这个数先分成 1 和几，依次分成 2 和几，……直到分成几和 1 为止。

一站式训练

把 8 个 🍎 放在 2 个盘子里，你有几种分法？请你画一画。

(1)

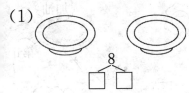

(2)

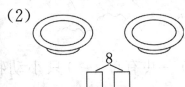

(3)

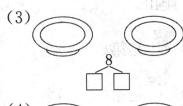

(4)

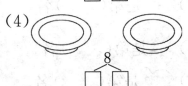

2. 把 7 块糖分给小军和小刚，有几种分法？

小军	1		3			6
小刚		2		4	5	

3. 分饼干。

全部共有	给妹妹	自己还有
10	1	
10	2	
10		
10		
10		
10		
10		
10		
10		

4. 你会分吗？

我的花比小凡多

小尼 小凡

小尼分（　　）朵

小凡分（　　）朵

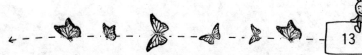

4. 几个和第几个

一个数有两种含义:一是基数,表示物体的数量;二是序数,表示物体的位置。

 一站式训练

1. 同学们排队做操。

我是第1个

小红　　小芳

(1)一共有(　　)个小朋友。

(2)小红排在第(　　)个。

(3)小芳排在第(　　)个。

2. 游动物园。

第□ 第□ 第□

3. 汽车拉力赛。

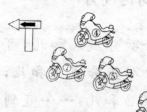

(1)一共有(　　)辆车。

(2)第一名是(　　)号车,第

五名是(　　)号车,5号

车是第(　　)名,2号车

是第(　　)名。

4. 爬山啦!

加油

第1

(1)一共有(　　)只小动物

爬山。

(2) 是第(　　)名。

(3) 是第(　　)名。

(4) 是第(　　)名。

(5) 是第(　　)名。

5.单元综合练习

 一句话秘方

> 0～10 各数从小到大排列,后面一个数比前面一个数多1;从大到小排列,后面一个数比前面一个数少1。

 一站式训练

1. 把下面各点按顺序连接起来,看看是什么?

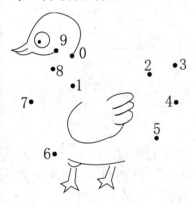

2. 排 1～10 的顺序走出迷宫。

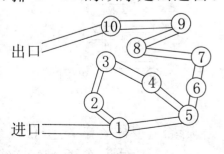

3. 我是一画家,画笔手中拿。

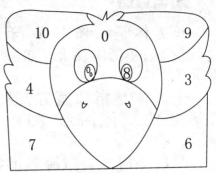

小于 5 的涂 黑色

等于 5 的涂 红色

大于 5 的涂 黄色

4.

(1) 从左数, 🍐 排在第几个?

(2) 要想使它排在第 3 个,应在前面去掉几个 🍎 ?

5. 把 6 朵花插在 2 个花瓶里,有几种插法?

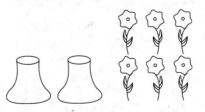

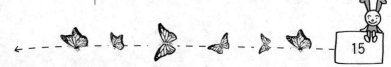

15

四. 认识物体

知识点击

长方体是指像书本、牙膏盒等形状的立体图形，如图1所示。

正方体是指像魔方、骰子等形状的立体图形，如图2所示。

圆柱是指像易拉罐等形状的立体图形，如图3所示。

球是指像排球、皮球等形状的立体图形，如图4所示。

图1　图2　图3　图4

技法上传

圆柱、球容易滚动，而长方体、正方体只能推动，不能滚动，圆柱的上下两面都是平的，侧面是曲面，球的表面是曲面。

例题示范

例1 数一数，▱ 有几个? ◻ 有几个? ▯ 有几个? ○ 有几个?

分析: 这是一组数图形的题目,数图形时要从上到下或从左到右有序地辨认,以免遗漏。本题中共有12个图形,按照题目要求先数▱,经过有序地观察,可以数出有5个▱,再用同样的方法依次数出其他物体的个数。

解答: ▱ 有5个　◻ 有2个
▯ 有3个　○ 有2个

例2 拼一拼,◻ 有几个? ▱ 有几个? ▯ 有几个? ○ 有几个?

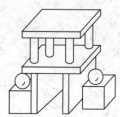

分析: 通过编号,我们知道一共有12个物体,仔细观察发现,1、6、7、8是长方体2、3、4、5是圆柱,9、10是球,11、12是正方体。

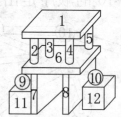

解答: ◻ 有2个,▱ 有4个
▯ 有4个,○ 有2个

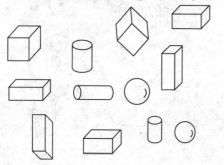

1. 认识物体

我们可以准备各种物体,通过看一看、数一数、摸一摸、搭一搭、滚一滚等方法,了解它们的形状和特征。

 一站式训练

1. 下面几组物体,哪一个同所给的物体形状相同? 画"√"。

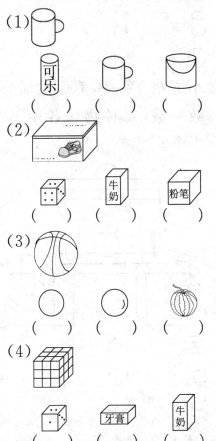

(1)
可乐 (   )   (   )   (   )

(2)
(   )   牛奶 (   )   粉笔 (   )

(3)
(   )   (   )   (   )

(4)
(   )   牙膏 (   )   牛奶 (   )

2. 每种图形各有多少个?

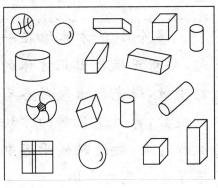

▢ (   )个

▢ (   )个

▢ (   )个

○ (   )个

3. 这几种物体中,哪几种物体最容易滚起来?

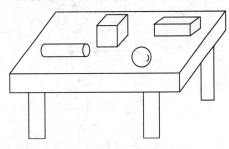

2. 有趣的拼搭

多个小正方体堆在一起,要想正确数出正方体的总块数,得先数出每层各有的块数,再把这几层的方块数加起来,数的时候千万别忘了看不见的方块。

一站式训练

1. 它们分别是由多少个小正方体拼成的?

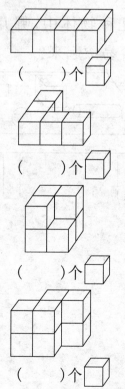

( )个

( )个

( )个

( )个

2. 妍妍拼了一只小狗,数一数,每种物体各用了多少个?

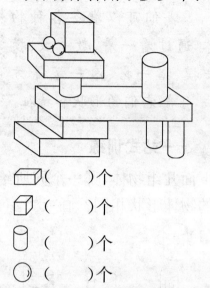

( )个

( )个

( )个

( )个

3. 小方搭了一座美丽的城堡,数一数,每种物体各用了多少个?

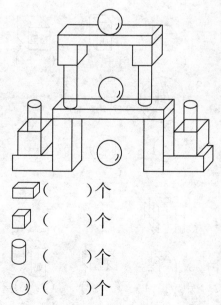

( )个

( )个

( )个

( )个

3. 单元综合练习

判断有哪些物体，要仔细观察，根据已知认识的物体的特征，作出正确判断，要数出各有几个，可以采用编号的方法，这样就不会重复，也不会遗漏。

 一站式训练

1. 这是一块正方体积木，要想把它的每一面都涂上不同的颜色，需要几种颜料？

2. 小冬和小贝一起做游戏。你看，小冬把这些物体的一部分盖住了，让小贝猜一猜到底是什么，小朋友，你能猜到吗？

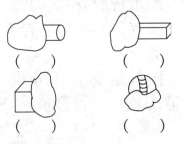

(   )　(   )

(   )　(   )

3. 这是小海拼的机器人，请你数一数，每种物体各用了多少个？

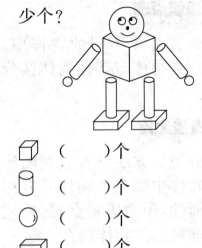

▭ (   )个

▯ (   )个

○ (   )个

▭ (   )个

4. 搭积木。各要几个▭?

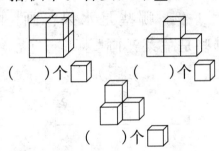

(   )个   (   )个

(   )个

5. 把正方体的盒子剪开，会剪出哪些不同的形状？动手剪一剪。

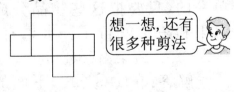

想一想，还有很多种剪法

五. 分 类

🧙 **知识点击**

分类是在不同的物体中,把同一类物体与其他物体区分开来。

🐻 **技法上传**

分类的方法是首先判断所给的物体中哪几个物体具有相同的属性,用途等特点,然后把有相同特点的物体归在一起。

🎃 **例题示范**

例1 哪些是水果?画☑;哪些是蔬菜?画▢。

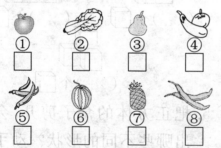

分析:这道题给的标准是单一的,只要把这些物品分成水果和蔬菜就行了。水果有:①③⑥⑦;蔬菜有②④⑤⑧。

解答:在①③⑥⑦下面的▢里面画☑;在②④⑤⑧下面的▢里面画▢。

例2 你能按不同的标准分类吗?

分析:我们可以从是不是有生命,能不能自己行走来分类,一类是动物,一类是交通工具。

动物有:②⑤⑦

交通工具有:①③④⑥⑧

我们还可以按行走的方式来分类:一类是天上飞的,一类是地上跑的;一类是水里行的。

天上飞的有:②④

地上跑的有:①⑥⑦

水里行的有:③⑤⑧

解答:按是不是有生命分成两类:②⑤⑦;①③④⑥⑧。

按行走的方式分成三类:②④;①⑥⑦;③⑤⑧。

1. 分类（单一标准）

一站式训练

1. 把同类的物品圈在一起。

(1)

(2)

(3)

2. 小冬要到小军家做客,可是小军的家里乱糟糟的,这可把小军急坏了,他该做哪些准备呢？小朋友,你能帮小军把房间里的东西分类放到箱子里吗？

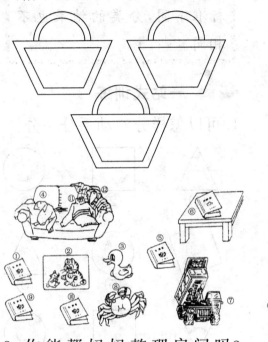

3. 你能帮妈妈整理房间吗？（连一连）

冰箱

衣柜

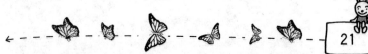

2.分类（不同标准）

 一句话秘方

> 不同标准的分类，由于标准不同，分类的结果也不相同。

 一站式训练

1.可以怎样分？动手分一分。

 ①　　 ②　　 ③

 ④　　 ⑤　　 ⑥

 ⑦　　 ⑧　　 ⑨

（1）第一种方法：
按形状分：
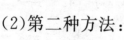

（2）第二种方法：
按水果的
种类分：
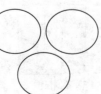

2.这几堆气球，可以怎样分？

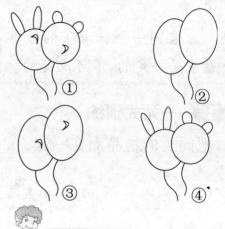
① ② ③ ④

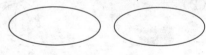 我按形状分

 我按花色分

3.看一看，可以怎样分？

① ② ③ ④

 我按大小分

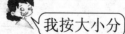 我按形状分

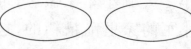

3.单元综合练习

 一句话秘方

如果要分的某些物体间有几个相同的属性,在给物体分类前先选好分类标准再分。

 一站式训练

1.把每行中不同类的圈出来。

2.房间里堆满了小芳的各种物品,你能帮她整理好吗?

(1) 玩具	(2) 文具

(3) 服装鞋帽

3.6个同学一块做游戏,你能按不同的标准分一分吗?

(1)

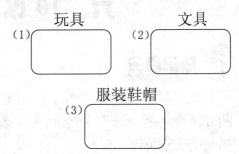

按男生、女生分成了两组

(2)

这是按什么标准分类的

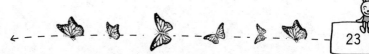

23

六．10 以内数的加减法

1."{"叫做大括号,表示把两部分合起来;"?"是问号,表示要求的问题。

2.加法的交换率:两个数相加,交换加数的位置,和不变。

技法上传

解决简单的实际问题,可按以下步骤进行:

1.弄清图意,找出图中告诉我们的已知数,也就是条件。

2.找出所要求的问题。

3.选择正确的计算方法,并列式计算。

例题示范

例1 看图写算式。

$$\square + \square = \square$$

$$\square + \square = \square$$

$$\square - \square = \square$$

$$\square - \square = \square$$

分析:本题是一图四式。左边有 4 个足球,右边有 3 个足球,一共有几个足球?就是要把 4 和 3 合起来,用加法计算,列式为 $4+3=7$,$3+4=7$。去掉左边的 4 个,还剩右边的 3 个;去掉右边 3 个,还剩左边 4 个。

答: $4+3=7$
  $3+4=7$
  $7-4=3$
  $7-3=4$

例2 活用数学。

(1)

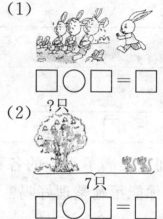

$$\square \bigcirc \square = \square$$

(2)

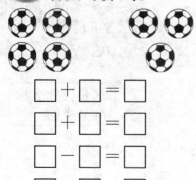

?只

7只

$$\square \bigcirc \square = \square$$

分析:(1)3 只小兔拔萝卜,又跑来 1 只小兔,现在有几只小兔呢?就是把 3 和 1 合起来,用加法计算。

(2)一共有 7 只猴,跑走了 2 只猴,树上还有几只猴呢?就要从 7 只中去掉跑走的 2 只,用减法计算。

答:(1)$3+1=4$
  (2)$7-2=5$

1. 得数在5以内数的加法

 一站式训练

1.有趣的课外活动。

(1)

□○□=□

(2)

□○□=□

2.算一算,每种小动物各有多少只?

(1)

□○□=□

(2)

□○□=□

(3)

□○□=□

3.每种水果有多少个?

(1)

□○□=□

(2)

□○□=□

(3)

□○□=□

25

2. 得数在5以内数的减法

 一句话秘方

从一个数里去掉一部分,求剩下多少,用减法计算。

 一站式训练

1.看图写算式。

(1)

□○□=□

(2)

□○□=□

(3)

□○□=□

2.芳芳吹泡泡。

(1)

有□个泡泡

(2)

□○□=□

(3)

□○□=□

(4)

□○□=□

3.树上还有几只小鸟?

□○□=□

4.还剩下几条船?

□○□=□

26

3. 得数在 5 以内数的加减法

解决问题时要仔细观察画面,正确理解画面内容所表达的意思。

一站式训练

1.分别还差几个杯子?

(1)

$\square \bigcirc \square = \square$

(2)

$\square \bigcirc \square = \square$

2.一共有几只小鸟?

(1)

$\square \bigcirc \square = \square$

(2)

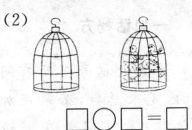

$\square \bigcirc \square = \square$

3.小兔吃萝卜。

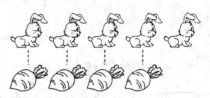

(1) 🐰 比 🥕 多 _____。

(1) 🥕 比 🐰 少 _____。

4.看图写算式。

(1)

$\square \bigcirc \square = \square$

(2)

$\square \bigcirc \square = \square$

4. 有关 6、7 的加减法

> 看见大括号下面有问号的,是求总数,必须用加法计算;看见问号在一边的,是求部分,必须用减法计算。

 一站式训练

1. 摆一摆,算一算,一共有多少朵花?

(1)

□+□=□

□+□=□

(2)

□+□=□

□+□=□

(3)

7-□=□

7-□=□

2. 看图写算式。

(1)

?只

□○□=□

(2)

7支

□○□=□

(3)

7只

□○□=□

(4)

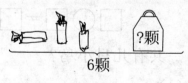

6颗

□○□=□

5. 有关 8、9 的加减法

根据一幅图的观察角度不同,可以写出两道加法算式和两道减法算式。

 一站式训练

1. 看图写出两道加法算式和两道减法算式。

(1)

$\square + \square = \square$

$\square + \square = \square$

$\square - \square = \square$

$\square - \square = \square$

(2)

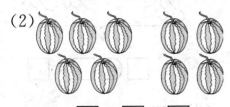

$\square + \square = \square$

$\square + \square = \square$

$\square - \square = \square$

$\square - \square = \square$

2. 解决问题我最棒!

(1)

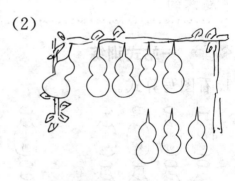

数学 数学　数学 数学
数学 数学　数学 数学
?本

$\square \bigcirc \square = \square$

(2)

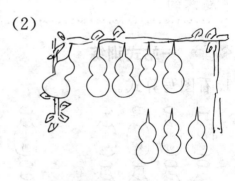

$\square \bigcirc \square = \square$

(3)

?个

$\square \bigcirc \square = \square$

(4)

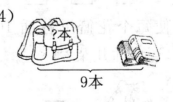

?本

9本

$\square \bigcirc \square = \square$

6.10 的加减法

我们在看图列式计算时,不要看图写得数,因为随着数量的增加,图中画出的部分有时只是实际数量的一部分,是用来帮助理解题意的。

 一站式训练

1.看图写算式。

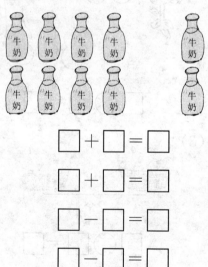

□ + □ = □

□ + □ = □

□ - □ = □

□ - □ = □

2.要使每个花篮里各插 10 朵花,还要插几朵?

(1)

 5 + □ = 10

(2)
 3 + □ = 10

(3)
 8 + □ = 10

(4)
 4 + □ = 10

(5)
 6 + □ = 10

(6)
 7 + □ = 10

3.解决问题。

(1)

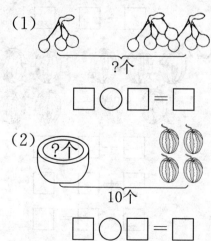

?个

□ ○ □ = □

(2)

?个

10个

□ ○ □ = □

7.10以内数的加减法

一句话秘方

根据图意写算式时一定要分清求的是总数还是部分,求总数用加法,求部分用减法。

一站式训练

1.小鹿喝水。

□ + □ = □

□ + □ = □

□ − □ = □

□ − □ = □

2.跳绳。

?个

□ ○ □ = □

3.小鸭游泳。

?只

9只

□ ○ □ = □

4.看图写算式。

(1)

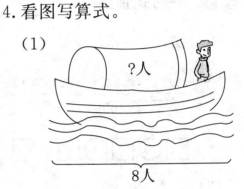

?人

8人

□ ○ □ = □

(2)

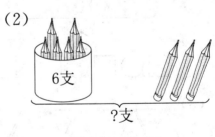

6支

?支

□ ○ □ = □

(3)

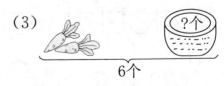

?个

6个

□ ○ □ = □

8. 连加

一句话秘方

看图列连加算式，要按一定的顺序看，先叙述图意，然后根据图意列式。

一站式训练

1.摆一摆，算一算。

(1)
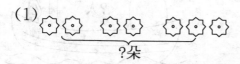
?朵

$\Box \bigcirc \Box \bigcirc \Box = \Box$

(2)
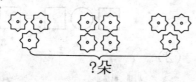
?朵

$\Box \bigcirc \Box \bigcirc \Box = \Box$

(3)
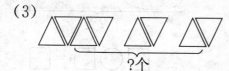
?个

$\Box \bigcirc \Box \bigcirc \Box = \Box$

(4)
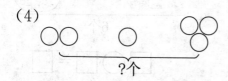
?个

$\Box \bigcirc \Box \bigcirc \Box = \Box$

2.燕子飞回来啦！

$\Box \bigcirc \Box \bigcirc \Box = \Box$

3.小鸡吃食。

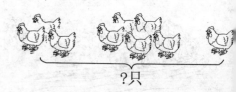
?只

$\Box \bigcirc \Box \bigcirc \Box = \Box$

4.一共有多少只小鸟？

$\Box \bigcirc \Box \bigcirc \Box = \Box$

9. 连 减

用减法来解决求一部分的问题时,切记一定从总数里减去去掉的部分。

 一站式训练

1. 还剩多少片叶子?

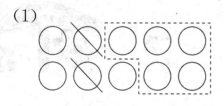

□ ○ □ ○ □ = □

2. 摆一摆。

(1)

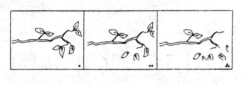

□ ○ □ ○ □ = □

(2)

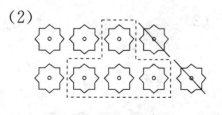

□ ○ □ ○ □ = □

3. 还剩多少只小鸟?

□ ○ □ ○ □ = □

4. 看图写算式。

(1)

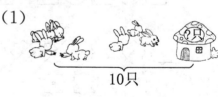

10只

□ ○ □ ○ □ = □

(2)

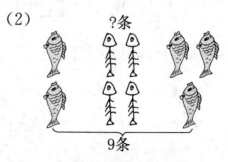

?条

9条

□ ○ □ ○ □ = □

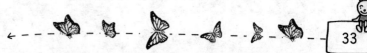

10. 加减混合

一句话秘方

看图列加减混合算式时,一定要看懂图意,到底是从哪儿去掉一部分。

一站式训练

1. 摆一摆。

(1)

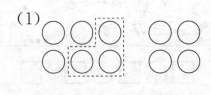

□○□○□=□

(2)

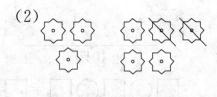

□○□○□=□

2. 现在有几只兔子?

□○□○□=□

3. 现在有几架飞机?

□○□○□=□

4. 还有几条鱼?

□○□○□=□

5. 按图意,填算式。

(1)

□○□○□=□

(2)

□○□○□=□

34

11. 单元综合练习 (1)

一句话秘方

> 　　从情景图中仔细观察，根据已知数量和问号之间的关系，经过认真思考后，选用合适的计算方法列出算式并计算。

一站式训练

.看图写算式。

(1)

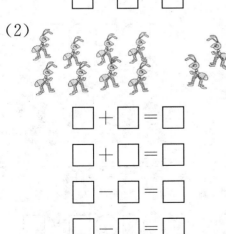

□ + □ = □

□ + □ = □

□ − □ = □

□ − □ = □

(2)

□ + □ = □

□ + □ = □

□ − □ = □

□ − □ = □

2.活用数学。

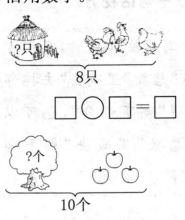

?只

8只

□ ○ □ = □

?个

10个

□ ○ □ = □

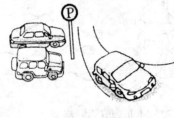

□ ○ □ = □

3.看图说个小故事,再列出算式。

□ ○ □ = □

□ ○ □ = □

12. 单元综合练习（2）

一句话秘方

写减法算式时，我们可以从"总数"里减去"去掉部分"得"剩下部分"，也可以从"总数"里减去"剩下部分"得"去掉部分"。

一站式训练

1.

青蛙妈妈带着（　　）只小蝌蚪在水里嬉戏，游走了（　　）只，还剩下（　　）只。

□○□＝□

2. 小刺猬背苹果。

□○□＝□

3. 树上还有多少个桃？

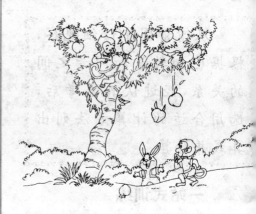

□○□○□＝□

4. 看图写算式。

（1）

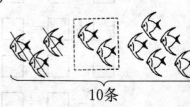

10条

□○□○□＝□

（2）

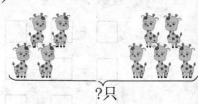

?只

□○□＝□

36

13. 单元综合练习（3）

看图写算式，技巧在于理解图意，如果图意表示把两部分合起来，就用加法计算；如果图意表示从总数里去掉一部分，就用减法计算。

 一站式训练

.看图写算式。

(1)

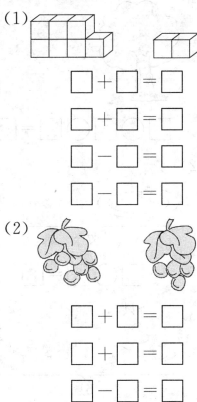

□ + □ = □

□ + □ = □

□ − □ = □

□ − □ = □

(2)

□ + □ = □

□ + □ = □

□ − □ = □

□ − □ = □

2. 这是芳芳家的苹果树。

□ ○ □ ○ □ = □

3. 吃完晚饭，爸爸和妈妈坐在沙发上看电视。

(1)一共有几个水果？

□ ○ □ = □

(2)有几把凳子？

□ ○ □ = □

(3)一共有几个人？

□ ○ □ = □

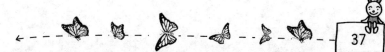

37

14. 单元综合练习（4）

 一句话秘方

碰到"看图说个小故事并写算式"此类开放题时，关键要仔细观察情景图，并收集好有关的信息。

 一站式训练

1. 看图,你能编个小故事,列出算式吗?

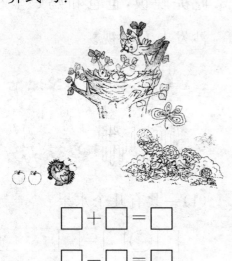

□ + □ = □

□ - □ = □

2. 再挂几个就可以挂满?

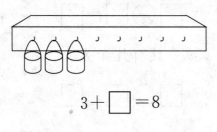

3 + □ = 8

3. 盒子里再装几个 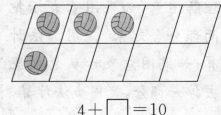 就可以装满?

4 + □ = 10

4. 看图写算式。

(1)

□ ○ □ ○ □ = □

(2)

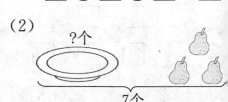

?个

7个

□ ○ □ = □

(3)

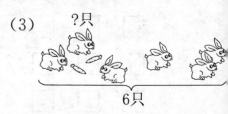

?只

6只

□ ○ □ ○ □ = □

38

七. 11～20 各数的认识

1. 10 个一是 1 个十，1 个十和几个一合起来表示十几。

2. 在数位表中，从右边起第一位是个位，第二位是十位。

技法上传

已知两个加数求和，用加法计算；已知被减数和减数，求差，用减法计算。

例题示范

例1 你知道被树挡住的数是几吗？

分析：此题并不难，只要看清这些数是从大到小排列，并且相邻的两个数之间相差 1 就可以了。

解答：18 17 15 14 11

例2 你能写出两道加法算式和两道减法算式吗？

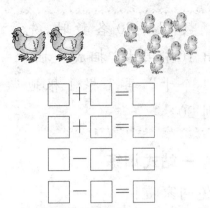

$$\square + \square = \square$$
$$\square + \square = \square$$
$$\square - \square = \square$$
$$\square - \square = \square$$

分析：从图中可以看出，有 2 只母鸡和 10 只小鸡，一共有 12 只鸡。从 12 只鸡中去掉 10 只小鸡，还剩 2 只母鸡；去掉 2 只母鸡，还剩 10 只小鸡。

解答：$2 + 10 = 12$（只）

$10 + 2 = 12$（只）

$12 - 2 = 10$（只）

$12 - 10 = 2$（只）

例3 书包里有多少本书？

?本

14本

分析：要求书包里有多少本书，应从总数 14 本中去掉 4 本，用减法计算。

解答：$14 - 4 = 10$（本）

1. 数数、读数

 一句话秘方

数 11～20 各数时,先
数出 10 根小棒,捆成一捆,
即"1 个十",再 1 根 1 根地
添到 20。

 一站式训练

1.小兔回家喽!

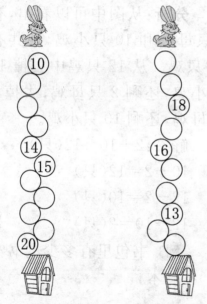

2.先圈出 10 个,再数一数。

一共( )条

一共( )头

一共( )只

3.先把 10 只小狗涂成红色,再
把剩下的涂成黄色。

一共涂了( )只小狗

4.小兔跳远。

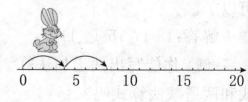

2. 数的组成、比较大小

十几是由1个十和几个一组成的。20是由2个十组成的。

 一站式训练

1. 猜猜我是谁？

我是由1个十和5个一组成的

(   )

我是由2个十组成的

(   )

我是由8个一和1个十组成的

(   )

2. 数一数,一共有多少个?

10根

(   )个十和(   )个一是(   )

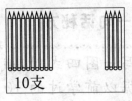

10支

(   )个十和(   )个一是(   )

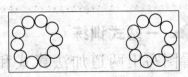

(   )个十是(   )

3. 小猫钓鱼。

我钓了14条鱼

弟弟,我比你钓的多一些

哥哥可能钓了多少条鱼？画"√"。

11条 □   17条 □

4. 小兔买萝卜。(画"√")

16个

18个

家里来了17位客人,每人吃1个,买哪筐合适

41

3. 十加几和十几减几

 一句话秘方

写一图四式时,我们可以根据以前学过的 10 以内加减法的方式来写。

 一站式训练

1. 看图写出两道加法算式和两道减法算式。

(1)

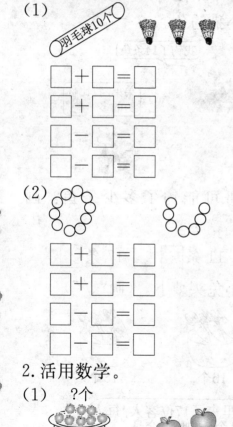

□ + □ = □

□ + □ = □

□ − □ = □

□ − □ = □

(2)

□ + □ = □

□ + □ = □

□ − □ = □

□ − □ = □

2. 活用数学。

(1) ?个

18个

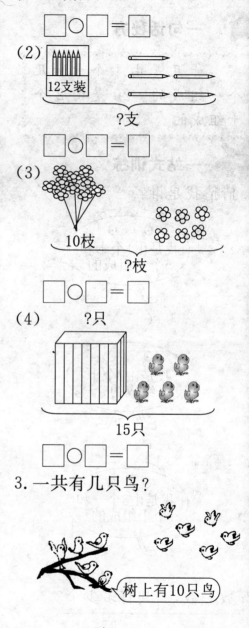

□ ○ □ = □

(2)
12支装
?支

□ ○ □ = □

(3)
10枝
?枝

□ ○ □ = □

(4) ?只

15只

□ ○ □ = □

3. 一共有几只鸟?

树上有10只鸟

4.单元综合练习

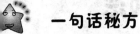 一句话秘方

> 用加法来求和,减法来求差。

一站式训练

1.猜猜这个数是几?

2.看图写算式。

(1)

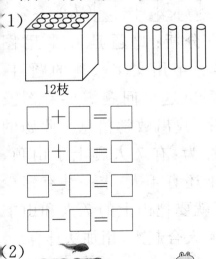

12枝

$\square + \square = \square$

$\square + \square = \square$

$\square - \square = \square$

$\square - \square = \square$

(2)

$\square + \square = \square$

$\square + \square = \square$

$\square - \square = \square$

$\square - \square = \square$

3.活用数学。

(1)

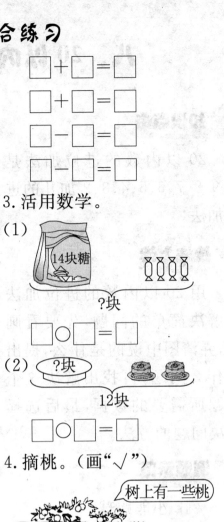

14块糖

?块

$\square \bigcirc \square = \square$

(2)

?块

12块

$\square \bigcirc \square = \square$

4.摘桃。(画"√")

树上有一些桃

比19少一些

树上可能有多少个桃

20个 $\square$ 17个 $\square$

43

八．20以内数的进位加法

知识点击

20以内数的进位加法是指9、8、7、6、5、4、3、2加几的进位加法。

技法上传

用20以内数的进位加法来解决简单的问题,先要看画面,弄清图中说的是什么,提出了什么问题,再找出解决这个问题所需要的数据,最后选择解决问题的方法。

例题示范

例1 小熊踢球。

一共有多少个足球?

□○□＝□(个)

分析:小熊踢进了8个球,外面还有5个球,那么一共有

多少个球呢?就要把网内的8个球和外面的5个球合起来,用加法计算。

解答:8＋5＝13(个)

例2 同学们爬山。

7人爬上了山顶

一共有多少人?

□○□＝□(人)

分析:此题是一半用图画,一半用文字叙述的题目。要解决这个问题需要看图及文字,找出数学信息。此题的题意为:有7人爬上了山顶,山下还有4人,求一共有多少人,就要把山上的7人和山下的4人合起来,用加法计算。

解答:7＋4＝11(人)

1.9 加几(1)

一站式训练

1. 一共有多少个羽毛球?

$\Box \bigcirc \Box = \Box$(个)

2. 一共有多少棵树?

$\Box \bigcirc \Box = \Box$(棵)

3. 一共有多少个

9个

$\Box \bigcirc \Box = \Box$(个)

4. 一共有几只鸟?

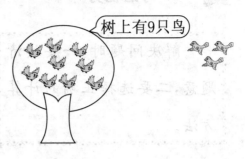

树上有9只鸟

$\Box \bigcirc \Box = \Box$(只)

5. 小小水果店。

	水果店有	又运来	一共有
🍎	9箱	5箱	( )箱
🍐	9箱	2箱	( )箱
🍊	9箱	9箱	( )箱

6. 车上一共要装多少人?

$\Box \bigcirc \Box = \Box$(人)

9 加 几 (2)

解决问题时,一要读清题意,二要选择正确的计算方法。

一站式训练

1. 一共有多少片叶子?

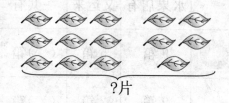

?片

□○□=□(片)

2. 一共有多少只蜗牛?

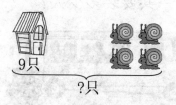

9只   ?只

□○□=□(只)

3.
一共有多少个 🖊?

□○□=□(个)

4. 有多少只小动物?

我们有9只

□○□=□(只)

5. 小熊吃玉米。

我吃了3个

9个

原来有多少个玉米?

□○□=□(个)

2. 8、7、6加几（1）

用8、7、6加几的加法来解决问题,先要弄清图画中说的是什么,收集解决问题所需要的数据,探寻解决问题的方法。

 一站式训练

1. 小小商店。

	商店有	又进来	现在有
	7条	8条	（　）条
牙膏	6盒	9盒	（　）盒
牙刷	8把	3把	（　）把

2. 一共有多少只小猫?

8只

?只

□○□＝□(只)

3. 一共有多少个蘑菇?

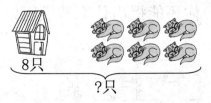

□○□＝□(个)

4. 拔萝卜。

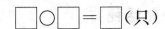
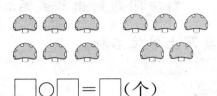

我拔了7个萝卜

我拔了4个

他俩一共拔了多少个?

□○□＝□(个)

5. 小猫钓鱼。

我吃了8条,还剩下6条鱼

你知道小猫钓了多少条鱼吗?

□○□＝□(条)

47

8、7、6 加几（2）

一句话秘方

解决问题列出算式后，要写上单位名称。

一站式训练

1.大象运木头。

我运了8根　我运了7根

小花　　小小　　小贝

我运了6根

(1)小花和小小一共运了多少根木头？

□○□＝□（根）

(2)小小和小贝一共运了多少根？

□○□＝□（根）

(3)你还能提出什么数学问题？

_____ ?

□○□＝□（根）

2.做花。

我做了9朵　我做了8朵　我做了6朵　我做了7朵

小军　　小妍　　小池　　小兵

(1)小军和小池一共做了多少朵花？

□○□＝□（朵）

(2)小兵和小军一共做了多少朵花？

□○□＝□（朵）

(3)小妍和小兵一共做了多少朵花？

□○□＝□（朵）

(4)你还能提出什么数学问题？

_____ ?

□○□＝□（朵）

3. 5、4、3、2加几（1）

解决问题时，如果是把两部分合起来求总数，用加法计算；如果是知道总数求剩下部分，用减法计算。

 一站式训练

1. 看图列式计算。

(1)

?只

□○□=□（只）

(2)

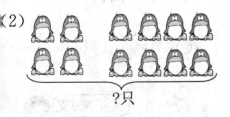

?只

□○□=□（只）

2. 现在小明有多少支水彩笔？

我有5支水彩笔

8支

妈妈又给我买了一盒

□○□=□（支）

3. 猜猜我几岁啦！

还要插6支蜡烛

4. 小小文具店。

	原来有	又买来	一共有
△	3把	9把	（ ）把
✏	5支	8支	（ ）支
🖊	2个	9个	（ ）个
📦	4个	7个	（ ）个

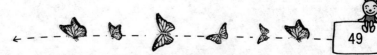

5、4、3、2加几（2）

 一句话秘方

> 对于解决同一个问题，可以从不同的角度观察、分析，从而找到不同的解题方法。

 一站式训练

1. 一共有多少个气球？

左边有5个气球，右边有6个

$\square \bigcirc \square = \square$（个）

花气球有4个，白气球有7个

$\square \bigcirc \square = \square$（个）

2. 一共有几把伞？

左边有4把伞，右边有8把伞
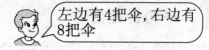

$\square \bigcirc \square = \square$（把）

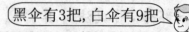
黑伞有3把，白伞有9把

$\square \bigcirc \square = \square$（把）

3. 小鸭游泳。

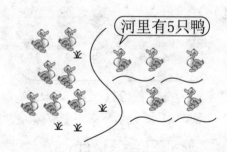

河里有5只鸭

一共有多少只鸭？

$\square \bigcirc \square = \square$（只）

4.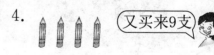
又买来9支

现在有多少支笔？

$\square \bigcirc \square = \square$（支）

4. 单元综合练习（1）

一句话秘方

解决问题的类型多种多样，有时还会有多余的数学信息，这时一定要弄清问题和信息之间的关系。

一站式训练

1. 树上有18只小鸟。

两次飞走多少只鸟？

2. 一共有多少只蝌蚪？

□○□=□（只）

3. 它们俩一共采了多少个松果？

我采了6个松果　　我采了5个

□○□=□（个）

4. 跳绳。

我跳了5下　　我跳了7下　　我跳了9下

小可　　小豪　　小敏

（1）小可和小敏一共跳了多少下？

□○□=□（下）

（2）你还能提出什么问题？

_____？

□○□=□（下）

51

5. 单元综合练习（2）

 一句话秘方

解决问题时，要仔细观察画面，根据所求问题寻找有用的数学信息，再确定计算方法。

 一站式训练

1. 两辆车一共可坐多少人？

4人　　9人

□○□=□（人）

2. 看图写算式。

（1）

?顶

□○□=□（顶）

（2）

?只

□○□=□（只）

3.

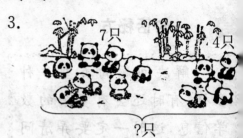

7只　　4只

?只

原来有□只熊猫，又跑来□只，一共有□只。

□○□=□（只）

4.

原来有（　）条鱼，又游来（　）条

□○□=□（条）

现在有（　）条鱼

□○□=□（条）

5.

一共有几条鱼

□○□=□（条）

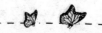

6.单元综合练习（3）

在解决 20 以内数的进位加法的问题中加深对加法含义的理解。

 一站式训练

.看图列式计算。

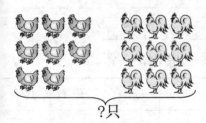

?只

$\square\bigcirc\square=\square$（只）

?只

$\square\bigcirc\square=\square$（只）

?本

$\square\bigcirc\square=\square$（本）

2.有趣的课外活动。

我们美术组有9人

美术组和体育组一共有多少人？

$\square\bigcirc\square=\square$（人）

3. 我明天要摘9个

两天一共要摘多少个？

$\square\bigcirc\square=\square$（个）

4.栽树。

 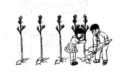

两组一共栽多少棵树？

$\square\bigcirc\square=\square$（棵）

7. 单元综合练习 (4)

 一站式训练

1.蚂蚁搬豆。

我搬了8颗豆子

我搬了5颗

它俩一共搬了多少颗豆子？

□○□=□(颗)

2.

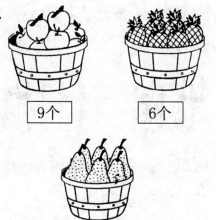

9个   6个

7个

(1) 🍐 和 🍎 一共有多少个？

□○□=□(个)

(2) 🍐 和 🍍 一共有多少个？

□○□=□(个)

(3)你还能提出什么数学问题？

_____

□○□=□(个)

3.想一想,算一算。

	一班有	二班有	共有
科技	8本	6本	( )本
	7根	9根	( )根
	5副	8副	( )副
	9副	6副	( )副

九、20以内数的退位减法

知识点击

加、减法互为逆运算,当加去算式的和作为减法算式的被减数时,加法算式中的两个加数就分别是减法算式中的差和减数。

技法上传

用数学解决问题的方法:看清数学信息和问题,求总数用加法,给了总数和其中一部分,求另一部分用减法。

例题示范

例1 老鹰捉小鸡。

12只小鸡,我已捉住5只,还有几只

分析:要求还有几只小鸡,就是从总数 12 只小鸡里面去掉被捉住的 5 只,从一个数里去掉一部分,用减法计算。列算式为 $12-5=7$。

解答:$12-5=7$(只)

例2 看图提出两个不同的数学问题,并算一算。

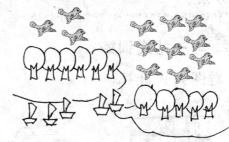

分析:这幅图里面有鸟、树、船。根据天上飞的我们可以提问:一共有多少只鸟?还可以提问:一共有 12 只鸟,左边有 3 只,右边有几只?等等。

同样,根据树的棵数,船的只数我们也可以提出类似的问题。

解答:(1)一共有多少棵树?

$6+5=11$(棵)

(2)右边有几只鸟?

$12-3=9$(只)

(答案不唯一)

1. 十几减 9 (1)

 一句话秘方

```
利用所给出的情景图
展开想象和思考,利用加减
法的含义选择正确的计算
方法。
```

 一站式训练

1. 看图列式计算。

(1)
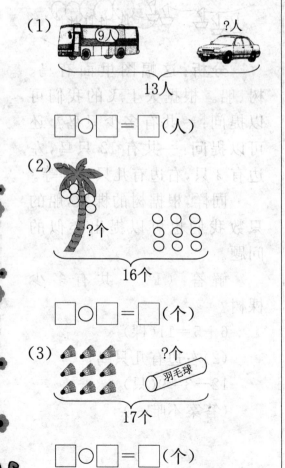

9人 ?人

13人

□○□=□(人)

(2)

?个

16个

□○□=□(个)

(3)

?个

羽毛球

17个

□○□=□(个)

2. 吃鸡蛋。

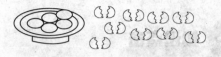

原来有 14 个鸡蛋,吃了 9

个,还剩多少个?

□○□=□(个)

3. 吃巧克力。

这盒巧克力被
我吃了9块,还
剩几块

15块

□○□=□(块)

4. 跳绳。

操场上共有11人
有9人在跳绳

有几人没跳

□○□=□(人)

十几减9(2)

先观察画面,弄清图意,并根据图意找出已知条件和问题,再列式计算。

 一站式训练

. 看图写算式。

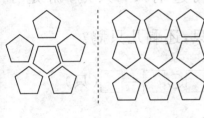

$\square + \square = \square$

$15 - \square = \square$

$15 - \square = \square$

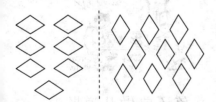

$7 + \square = \square$

$\square - \square = \square$

$\square - \square = \square$

2. 拔萝卜。

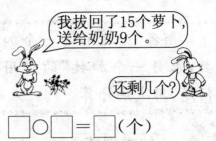

我拔回了15个萝卜,送给奶奶9个。

还剩几个?

$\square \bigcirc \square = \square$（个）

3. 数铅笔。

14支铅笔,取走9支,还剩多少支

你买了9支铅笔,我又拿来5支铅笔,一共有多少支铅笔

$\square \bigcirc \square = \square$（支）

$\square \bigcirc \square = \square$（支）

4. 停车场。

停车场原来有13辆车,开走了9辆

现在还有多少辆车?

$\square \bigcirc \square = \square$（辆）

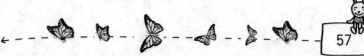

2. 十几减 8、7(1)

 一句话秘方

解答"知道和与一个加数,求另一个加数"的应用问题,用减法计算。

 一站式训练

1. 看图列式计算。

(1)

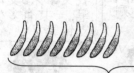

?条

16条

$\square \bigcirc \square = \square$(条)

(2)

?块

15块

$\square \bigcirc \square = \square$(块)

(3)

$\square + \square = \square$

$\square - \square = \square$

$\square - \square = \square$

2. 数鹅。

河边有 14 只鹅,游走了 只,还剩几只鹅?

$\square \bigcirc \square = \square$(只)

3. 每人要做 14 道口算题。

我已经做了8道

我还要做7道题,才做完

(1)女孩还要做几道题?

$\square \bigcirc \square = \square$(道)

(2)男孩已经做了几道题?

$\square \bigcirc \square = \square$(道)

十几减 8、7（2）

 一句话秘方

对于题目所给的情景图，可以从不同角度提出问题。

 一站式训练

1.看图写算式。

（1）
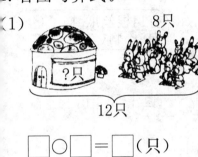
8只
?只
12只

$\square\bigcirc\square=\square$（只）

（2）
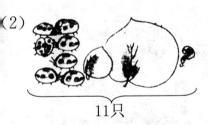
11只

$\square\bigcirc\square=\square$（只）

（3）
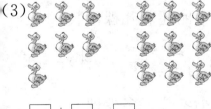

$\square+\square=\square$

$\square-\square=\square$

$\square-\square=\square$

2.绘画小组有 15 人。

男生有7人　女生有多少人

$\square\bigcirc\square=\square$（人）

3.11 人去参观博物馆。

已经进去8人

还有几人没进去？

$\square\bigcirc\square=\square$（人）

4.

原来我有15本书　借给我7本
小雨　小兰

小雨还剩多少本书？

$\square\bigcirc\square=\square$（本）

3. 十几减 6、5、4、3、2 (1)

一句话秘方

解决条件、问题完备的应用题时要看清已知条件和问题。

一站式训练

1.看图列式。

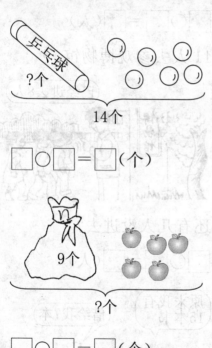

乒乓球

?个

14个

$\square \bigcirc \square = \square$（个）

9个

?个

$\square \bigcirc \square = \square$（个）

?本

12本

$\square \bigcirc \square = \square$（本）

2.摘丝瓜。

有14根丝瓜，摘了（ ）根，还剩（ ）根

$\square \bigcirc \square = \square$（根）

3.栽树。

他们每人要栽13棵树

我已经栽了9棵

小冬

我还要栽6棵

小丽

(1)小丽还剩几棵没栽？

$\square \bigcirc \square = \square$（棵）

(2)小冬栽了多少棵？

$\square \bigcirc \square = \square$（棵）

60

十几减 6、5、4、3、2 (2)

一句话秘方

> 已知两个部分的数量，求合在一起的总数用加法计算；从总数里去掉一部分，求另一部分是多少，要用减法计算。

一站式训练

1. 折纸飞机。

小明和小刚一共折了13架飞机

(1) 小明折了 6 架，小刚折了几架？

$\square \bigcirc \square = \square$（架）

(2) 小刚折了 7 架，小明折了几架？

$\square \bigcirc \square = \square$（架）

2. 看图写算式。

(1)

?颗

11颗

$\square \bigcirc \square = \square$（颗）

(2)

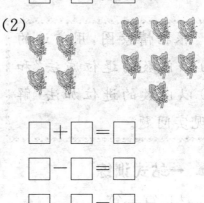

$\square + \square = \square$

$\square - \square = \square$

$\square - \square = \square$

3. 参加训练。

共有13人参加训练，已经到了6人

还差多少人？

$\square \bigcirc \square = \square$（人）

4. 躲在水草后面的鸭子有几只？

13只

$\square \bigcirc \square = \square$（只）

4. 单元综合练习（1）

 一句话秘方

> 　　根据情景图，用学过的"20以内数的退位减法"和"20以内数的进位加法"解决现实问题。

 一站式训练

1. 想一想，算一算。

	一组有	二组有	一共有
✂	8把	4把	（　）把
✈	（　）个	7个	11个
🦢	（　）个	8个	16个
🧩	9副	（　）副	17副

2. 看图写算式。

(1)

□＋□＝□

□－□＝□

□－□＝□

(2)

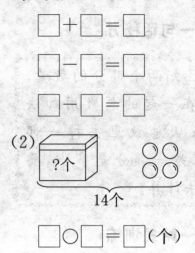

?个　　14个

□〇□＝□（个）

3. 得五角星。

我们一共得了14个☆　　　我得了9个☆

小明

小明得了几个☆？

□〇□＝□（个）

4. 折纸鹤。

妈妈要我折12个纸鹤　　　还要折几个

□〇□＝□（个）

5. 单元综合练习（2）

提问题时，如果已知条件给出两部分数量就可以提出用加法解决的问题；如果已知条件给出了总数和其中的一部分，就可以提出用减法计算的问题。

 一站式训练

1. 看图写算式。

(1)

?支

11支

$\square \bigcirc \square = \square$（支）

(2)

$\square + \square = \square$

$\square + \square = \square$

$\square - \square = \square$

$\square - \square = \square$

2. 采蘑菇。

我们一共采了14个蘑菇

送给奶奶8个

你能提出什么数学问题？

_____？

$\square \bigcirc \square = \square$（个）

3. 一组和二组共有15人。

其中一组有6人

你能提出什么数学问题？

_____？

$\square \bigcirc \square = \square$（人）

6. 单元综合练习（3）

 一句话秘方

要学会用加法和减法解决简单的问题。

 一站式训练

1. 妈妈买来 11 个

我吃了4个

请你提出一个数学问题，并解答。

_____?

□○□＝□（个）

2. 买的苹果和梨共14个

苹果有7个

请你提出一个数学问题，并解答。

_____?

□○□＝□（个）

3. 有 16 颗向日葵种子，

我们种的向日葵发芽啦

发芽的有9颗

还有几颗种子没发芽？

□○□＝□（颗）

4. 公鸡、母鸡一共有 14 只。

（1）左边有 7 只鸡，右边有几只鸡？

□○□＝□（只）

（2）公鸡有 5 只，母鸡有几只？

□○□＝□（只）

7. 单元综合练习(4)

 一站式训练

1. 数兔子。

房子里一共住了12只兔子,白兔有5只,黑兔有多少只

□ ○ □ = □(只)

2. 看图写算式。

(1)

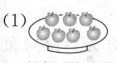

□ + □ = □

□ - □ = □

□ - □ = □

(2)

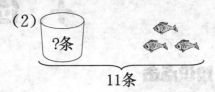

?条

11条

□ ○ □ = □(条)

3. 晾衣服。

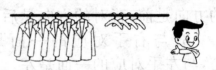

原来有 12 件 ,取走了 4 件,还剩几件?

□ ○ □ = □(件)

4. 数树。

桃树和梨树一共有15棵

(1)桃树有 8 棵,梨树有几棵?

□ ○ □ = □(棵)

(2)梨树有 7 棵,桃树有几棵?

□ ○ □ = □(棵)

十、位 置

知识点击

1. 上是指位置在高处的，跟下相对；下是指位置在低处的，跟上相对。

2. 前后的标准一般是面对的方向是前，背对的方向是后。

3. 与右手对应的一面是右，与左手对应的一面是左。

4. 一般情况下，确定物体的位置以横排为行，竖排为列。

技法上传

确定位置的歌诀：竖为列、横为行，行列位置说端详。前后物体在同列，左右物体在同行。

例题示范

例1 说一说，填一填。

 在 的（ ）面，

在 的（ ）面。

的下面有什么？

分析：判断三个物体的位置关系，要找准参照物。回答狗在猫的哪面，是以猫为参照物；回答狗在鸡的哪面，是以鸡为参照物；回答猫的下面有什么，是以猫为参照物。

解答：下 上 狗 鸡

例2

（1）小青的前面是（ ），左边是（ ）。

（2）小方的后面是（ ），右边是（ ）。

分析：以上 2 个小题分别是以小青和小方为参照对象的。在解答时，我们要明确以谁为参照对象确定位置，再仔细观察，作出正确判断。

解答：（1）小刚 小明

（2）小明 小刚

1. 上下、前后、左右

> 判断物体的上下、前后、左右位置时，要借助我们的实际生活经验。

一站式训练

. 谁前谁后。

小红在小宇的（　　）面,小宇在小红的（　　）面。

. 小动物,去郊游。

(1) 🐄 在 🐼 的____边,

(2) 🦌 在 🐼 的____边,

(3) 🐱 在 🐄 的____边。

3. 等电梯。

小芳在爷爷的____面,

小明在爷爷的____面,

爷爷在小芳的____面。

4. 谁上谁下。

🐒 在 🐰 的（　　）面,

🐒 在 🐰 的（　　）面。

2. 位 置

 一句话秘方

> 一般情况下,确定物体的位置以横排为行,竖排为列。

 一站式训练

1. 摆一摆,画一画。

第2排第3个摆 ○
第4排第2个摆 □
第5排第4个摆 ☆
第3排第1个摆 △

2. 小兔吃水果。

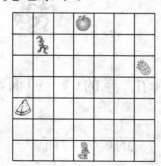

(1) 🐰往左走____格,再往上走____格到🐜处。

(2) 🐰往上走____格到🍎处。

(3) 🐰往右走____格,再往上走____格到🍓处。

(4) 🐰往左走____格,再往上走____格到△处。

3. 看电影,找座位。(连一连)

9排 ⟨8⟩⟨6⟩⟨4⟩⟨2⟩⟨1⟩⟨3⟩⟨5⟩⟨7⟩

8排 ⟨8⟩⟨6⟩⟨4⟩⟨2⟩⟨1⟩⟨3⟩⟨5⟩⟨7⟩

7排 ⟨8⟩⟨6⟩⟨4⟩⟨2⟩⟨1⟩⟨3⟩⟨5⟩⟨7⟩

6排 ⟨8⟩⟨6⟩⟨4⟩⟨2⟩⟨1⟩⟨3⟩⟨5⟩⟨7⟩

 9排6号 8排1号

 7排8号 6排7号

68

3.单元综合练习

判断物体的位置,要选准参照物。

 一站式训练

1.小新家的电视柜。

🌸 在 📺 的____面。

🍥 在 📻 的____面。

2.爷爷看报纸。

爷爷用____手拿报纸,用____手拿杯子。

3.动物公寓。

🐒 在 🐱 的(   )面。

🐶 在 🐱 的(   )面。

🐒 在 🐶 的(   )面。

🐶 在 🐒 的(   )面。

4.赛车。

(1)5 号车在 2 号车的(   ),在 3 号车的(   )面。

(2)给它们排名次。

第 1 名   第 2 名
(   )号车   (   )号车

第 3 名
(   )号车

十一、认识图形

知识点击

长方体物体的表面是长方形；正方体物体的表面是正方形；三角形是指像三角板、红领巾等由三条边围成的图形；圆是像圆柱上下两个面一样的图形，如下图：

长方形　正方形　三角形　圆

技法上传

平面图形的特征可以通过我们在摆一摆、拼一拼、剪一剪、涂一涂等活动中去体会、掌握。

例题示范

例1 把图形送回家。

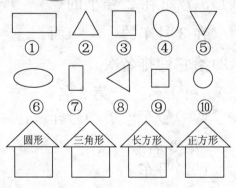

分析：每个图形都具有自身的特点，与摆放的位置和方向无关，上图中①和⑦都是长方形，②⑤⑧是三角形，③⑨是正方形，④⑩是圆，注意⑥号图形不是圆。

解答：圆形：④⑩

三角形：②⑤⑧

长方形：①⑦

正方形：③⑨

例2 你能用一副七巧板拼出一个长方形吗？

分析：方法有很多，你可以用1块□，3块连接较小的△，块□，拼成一个正方形，剩下的2块大△可以拼成一个正方形，合起来就是一个长方形，如图(1)；也可以用1块□，3块较小的△，1块□，拼成一个大△，再与剩下的2块大△拼成一个长方形，如图(2)。

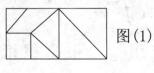

图(1)

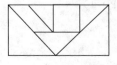

图(2)

1. 认识图形

平面图形经常是某个立体图形的表面。

 一站式训练

1. 找找生活中的图形。（连一连）

长方形

正方形

三角形

圆

2. 这些物体可以直接印出哪一个图形,在( )里画"√"。

(1)

( ) ( ) ( ) ( )

(2)

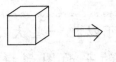

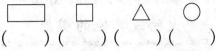

( ) ( ) ( ) ( )

(3)

( ) ( ) ( ) ( )

3. 帮小猫分图形。（填序号）

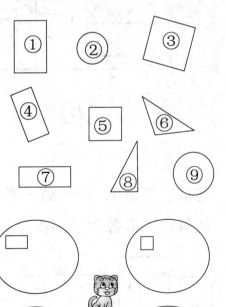

71

2. 拼 组 图 形

我们可以把一些大小、形状相同的平面图形拼成更大的或其他的图形。

 一站式训练

1. 这是小甜拼的美丽的城堡，请你把它涂上颜色。

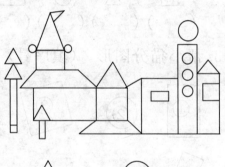

 绿　　 蓝

 黄　　红

2. 这是浩浩拼的汽车，数一数，他每种图形各用了多少个？

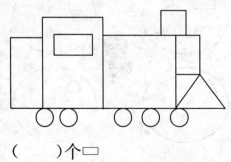

（　　）个 □

（　　）个 □

（　　）个 △

（　　）个 ○

3. 小磊也拼了个城堡，数一数，他每种图形用了多少个？

▭（　　）个

□（　　）个

△（　　）个

○（　　）个

4. 拿出 ▭、□、△、○ 照下图拼一拼。

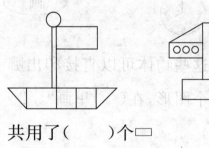

共用了（　　）个 ▭

　　　　（　　）个 □

　　　　（　　）个 △

　　　　（　　）个 ○

3. 单元综合练习

一句话秘方

> 长方形的对边相等，正方形的四条边都相等。正方形是特殊的长方形。

一站式训练

1. 拿出一张长方形纸和一张正方形纸折一折，说说你发现了什么？

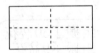

我发现长方形的对边是（　　）的

我发现正方形的四条边都是（　　）的

2. 在 ⊞ 里填入合适的序号，

拼出  图。

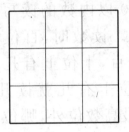

3. 看谁数得对。

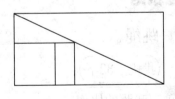

（　　）个 △

（　　）个 □

（　　）个 □

73

十二．100以内数的认识

 知识点击

1. "个"、"十"、"百"都是计数单位,10个一是十,10个十是一百。

2. 在计数器上,从右边起,第一位是个位,第二位是十位,第三位是百位。

技法上传

100以内数的读写都要从高位起。读数时,百位上有几就读几百,十位上有几就读几十,个位上有几就读几;写数时,除最高数位外,哪位上一个也没有就用0占位。

 例题示范

例1 跳绳。

我跳了32下
我跳的比你多得多

小明　　　　玲玲

玲玲可能跳了多少下?(画"√")

18下	38下	86下

分析:小明跳了32下,玲玲比小明跳的多得多,并不是多一点,而是多很多。我们再来观察表中的几个数,分别和32比大小,看哪一个数比32大很多,那么这个数据就可能是玲玲跳的数。

解答:

18下	38下	86下
		√

例2

一组搬了30盆花
二组搬了9盆花

一共搬了多少盆花?

□○□＝□(盆)

分析:本题求一共搬了多少盆花,就是把一组搬的和二组搬的合起来,用加法计算。

解答:30＋9＝39(盆)

1. 100 以内数的认识

一句话秘方

一个两位数,十位上是几就是几个十,个位上是几就是几个一。

一站式训练

1. 先估一估,再数一数,有多少个 ?

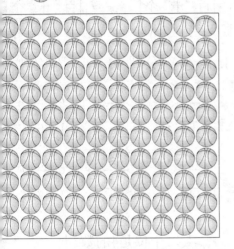

怎样数比较快

2. 比一比,看谁数得快。

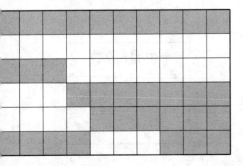

有( )个,

□ 有( )个。

说说你是怎么数的。

3. 一共有多少个?

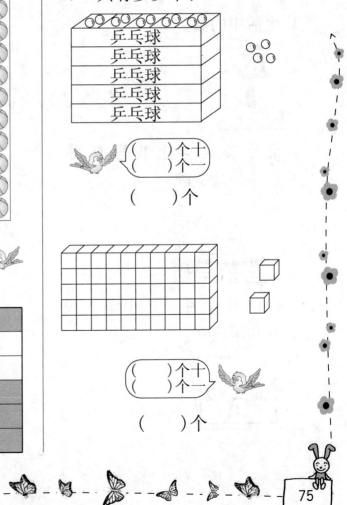

( )个十
( )个一
( )个

( )个十
( )个一
( )个

2. 100以内数的读写

 一句话秘方

读数时,十位上有几个珠子就读几十,个位上有几个珠子就读几;写数时,十位上有几个珠子就在十位上写几,个位上有几个珠子就在个位上写几。

 一站式训练

1. 生活中的数。

北京奥运会上我国获得( )块金牌

2011 年十月一日中华人民共和国成立( )周年

我们班共有( )名同学

2. 和同伴一块拨拨计数器。

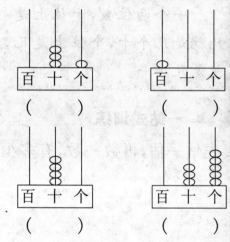

| 百 | 十 | 个 |
( )

| 百 | 十 | 个 |
( )

| 百 | 十 | 个 |
( )

| 百 | 十 | 个 |
( )

3. 帮小狗分骨头。

41   36   40
60   45   66
76   56   43
46   96   47

十位是4的数

个位是6的数

3. 数的顺序、大小比较

一句话秘方

"多得多"指多很多，"多一些"则指多一点点，"少一些"指少一点点，"少得多"则指少很多。

一站式训练

1. 小小养殖场。（连一连）

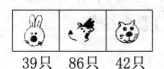

39只　　86只　　42只

　　　多得多

　　　多一些

　　　少一些

　　　少得多

2. 猜数。

 我想了一个两位数，这个数比42多一些

这个数可能是多少？（画"√"）

81	16	48

3. 龟兔赛跑。

 我已经跑了52米

我比你跑的少得多

乌龟可能跑了多少米？（画"√"）

47 米	18 米	63 米

4. 猜一猜。（画"√"）

 我这篮桃子有38个

我这篮桃子可能有多少个

29 个	94 个	47 个

4. 整十数加一位数和相应的减法

解答"知道两个加数，求和"的应用问题，用加法计算；解答"知道和与另一个加数，求另一个加数"的应用问题，用减法计算。

 一站式训练

1. 奖给说得对的小动物一颗智慧星"☆"。

我剪了30个　我剪了6个

全班34个学生，够每人一个吗？

 够　 不够

2. 舞蹈小组有 34 人。

其中男生4人，女生多少人

3. 游植物园。

植物园上午售出门票 60 张，下午售出门票 9 张，一共售出门票多少张？

4. 一共有 48 罐牛奶。

卖出了8罐

还剩多少罐牛奶？

5. 单元综合练习

如果两个数相差很多，我们就用"多得多"或"少得多"来表述；如果两个数相差较少，我们就用"多一些"或者"少一些"来表达。

一站式训练

1. 采蘑菇。

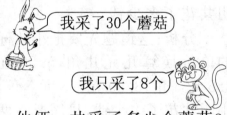

我采了30个蘑菇

我只采了8个

他俩一共采了多少个蘑菇？

2. 小兰有54张邮票。

我的邮票比小兰多一些

小亮

我的邮票比小亮少得多

小武

(1) 小亮可能有多少张邮票？（画"√"）

83张	19张	59张

(2) 小武可能有多少张邮票？（画"√"）

59张	51张	20张

3. 收作业本。

收了30本，还有6人没交作业本

你知道我们班有多少人吗？

4. 买玩具。

20元　　　9元

买这两样玩具一共要多少钱？

十三．认识人民币

知识点击

1. 人民币的单位有：元、角、分。

2. 人民币单位间的进率：
1 元＝10 角，1 角＝10 分

技法上传

人民币简单计算的歌诀：人民币相加减，角加角，元加元，单位不同要互换，统一单位好计算。

例题示范

例1 1 元钱能买什么？

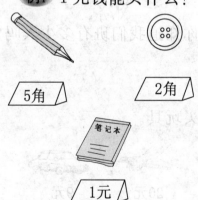

5角　　2角

1元

分析:先观察题中 3 种物品的价钱，根据 1 元＝10 角的关系来找出答案，可以用加法来计算，也可以用点数的方法。

解答:1 元钱能买 2 支铅笔；也可以买 5 颗扣子；也可以买 1 个练习本。

例2 端午节到了，小明用自己攒的零花钱为敬老院的王奶奶买了她最爱吃的 绿豆糕 (5.50 元)和 （3.50）。小明共花了多少钱？

分析:这道题先要把小数标的单价换算几元几角，5.50 元＝5 元 5 角，3.50 元＝3 元 5 角，小明共花了多少钱，只需要将两种商品的价钱相加就可以了。

解答:5 元 5 角＋3 元 5 角＝9 元

例3 20 元买一把伞，应找回多少钱？

18元

分析:要求找回多少钱，就得用 20 元钱减去买伞花的钱，用减法计算。

解答:20－18＝2(元)

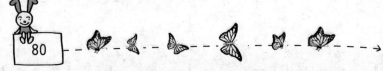

1. 认识人民币

 一句话秘方

小数表示商品价,小数点前表示元,小数点后表示角。

 一站式训练

1. 你认识这些人民币吗？请写下来。

(   )   (   )

(   )   (   )

(   )   (   )

2. 同学们为甘肃舟曲泥石流灾区捐款,算一算,他们各捐了多少钱?

捐了(   )元

捐了(   )元(   )角

捐了(   )元(   )角

3. 10元钱可以买哪些东西?

5元   8元

 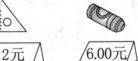

2元   6.00元   4.00元

2.简单的计算

解决"一共要花多少钱"的问题用加法计算;解决"应找回多少钱"的问题用减法计算。

 一站式训练

1. 算出下面每组东西要付多少钱?

21.00元 2.00元

3.20元 14.00元

买的东西	一共多少钱

2.小小售货亭。

5.60元 / 1.50元 / 3.80元 / 2.70元

(1)买一本 [日记本] 和一袋 [薯片] 共要付多少钱?

(2)一包 [饼干] 比一罐 [可乐] 贵多少钱?

(3)10 元钱买一包 [饼干],应找回多少钱?

(4)你还能提出什么数学问题?请你解决它!

3. 单元综合练习

一句话秘方

在进行人民币的计算时，要把元和元相加减，角和角相加减，算出的结果是10角以上的，要把它转为几元几角。

 一站式训练

1. 哪两样物体的价钱合起来是5元？请把它们圈在一起。

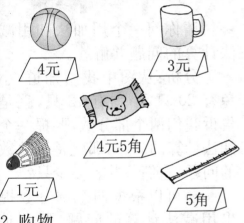

2. 购物。

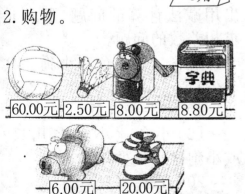

(1) 买一个 和一个 ，一共要付多少钱？

(2) 买两个 ，要付多少钱？

(3) 买一个 和一双 ，一共要付多少钱？

(4) 一双 比一个 贵多少钱？

(5) 小明拿1张  买了一个 ，应找回多少钱？

83

十四、100以内数的加减法

知识点击

1.计算100以内的加法和减法时都可以用竖式计算,先把相同数位对齐,再把相同数位上的数相加减。

2.进位加法中个位相加满十要向十位进1,退位减法中个位不够减要从十位退1。

技法上传

解决"一个数比另一个数多(少)几"的问题应用减法计算,其算理是:通过比较,可以把较大数分为两部分。一部分是和较小数同样多的,另一部分是比较小数多的,即所求问题。

例题示范

例1 有16人玩跷跷板。

又来了7人

现在有多少人?

□○□=□(人)

分析:要求现在有多少人,就要把之前的16人和又来的7人合起来,用加法计算。

解答:16+7=23(人)

例2 玩蹦蹦床。

小兔有20只 小狗有12只

请你问一个用加法和用减法计算的问题并解答。

分析:从图中我们知道,小兔有20只,小狗有12只,就是告诉我们两个部分数,要提一个加法计算的问题,那就是求总数的问题:它们一共有多少只?

还可以根据两个部分数提出用减法计算的问题,那就是求相差数的问题。

解答:(1)小兔和小狗一共多少只?

20+12=32(只)

(2)小兔比小狗多几只?或小狗比小兔少几只?

20-12=8(只)

1. 两位数加一位数和整十数（1）

 一句话秘方

> 已知两个部分数，求总数是多少，用加法计算。

 一站式训练

1. 我帮妈妈买东西。

46元　　　50元

买这两样东西一共要多少钱

2. 这本书有多少页？

我们已经看了38页　　　还有40页没看

3. 运水果。

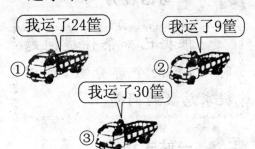

我运了24筐　　　我运了9筐

① ②

我运了30筐

③

(1) ①号车和②号车一共运了多少筐？

(2) ②号车和③号车一共运了多少筐？

(3) 你还能提出什么数学问题？请你解决它！

4. 书架上可以放多少本书？

书架上有74本书，再放8本就满了

两位数加一位数和整十数（2）

一句话秘方

根据已知条件提问题时，已知两个部分数，可以提求总数的问题。

一站式训练

1. 小猫钓鱼。

我钓了46条鱼

我钓了30条

请你提出一个数学问题，并解答。

2. 采花蜜。

我采了9朵花蜜，还有32朵没采

花园里有多少朵花？

3. 动物聚会啦！

我们有23只

我们有20只

我们有8只

（1）天鹅和鹿一共有多少只？

（2）请你再提一个问题，并解答。

2. 两位数减一位数和整十数（1）

已知总数和其中的一个部分数，求另一个部分数，用减法计算。

 一站式训练

1. 写大字。

我写了30个大字

我写了42个大字

再写几个就和 🐑 一样多？

2. 星期天，猪妈妈一家25头猪去郊游。来到小河边，猪妈妈先带6头小猪过河。

岸边还有几头猪？

3. 商店原有 32 个杯子。

现在还剩下20个

卖出了多少个杯子？

4.

吃了5个苹果，还剩48个

原来有多少个苹果？

两位数减一位数和整十数（2）

求一个数比另一个数多几，也就是求一个数比另一个数少几，要用减法计算。

一站式训练

1.蓝气球有 6 个,红气球有 24 个。

(1)蓝气球比红气球少多少个？

(2)红气球比蓝气球多多少个？

2.停车场里停着许多车。

卡车有9辆

客车有31辆

(1)客车比卡车多多少辆？

(2)卡车比客车少多少辆？

3.幸福的三口之家。

我30岁了

我35岁

我今年6岁

(1)妈妈比我大多少岁？

(2)我比爸爸小多少岁？

(3)请你再提一个问题,并解答。

3. 两位数加、减一位数和整十数

一句话秘方

已知两个部分数，可以提出几个不同的问题，一是可以提出求总数的问题，二是可以提出求相差数的问题。

一站式训练

1. 吃害虫。

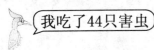

我吃了44只害虫

我吃了30只害虫

(1)请你提一个用加法计算的问题，并解答。

(2)再请你提一个用减法计算的问题，并解答。

2. 买体育用品。

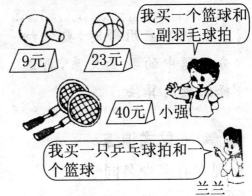

我买一个篮球和一副羽毛球拍

9元 23元

40元 小强

我买一只乒乓球拍和一个篮球

兰兰

(1)小强要用多少钱？

(2)兰兰要用多少钱？

(3)一只乒乓球拍比一副羽毛球拍便宜多少钱？

(4)你还能提出什么数学问题？

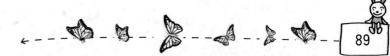

4.两位数加两位数

 一句话秘方

解答应用题时,要仔细分析题中的数量关系,再选择正确的算法。

 一站式训练

1. 现在有多少名同学?

我们班上学期有36人

这学期转来了12人

2. 搬花盆。

 我们搬走了14盆,还有26盆没搬

原来有多少盆花?

3. 吃南瓜。

我吃了32个

我吃了24个

它们一共吃了多少个?

4. 游动物园。

我们班已经进去了17人,还有24人没进去

我们班来了多少人?

5. 两位数减两位数

 一句话秘方

求两个数相差多少，就用减法计算。

 一站式训练

. 栽花。

要栽46棵花   还有22棵没栽

已经栽了多少棵？

. 同学们去听讲座。

我们有42人

只有12把椅子

还要搬多少把椅子？

3. 养殖场去年养了 63 只鸭，今年养了 54 只鸭。去年养的鸭比今年多多少只？

4. 买书。

我想买一本，还差18元

32元

小田攒了多少钱？

6. 两位数加、减两位数

用两个部分数只能提出两个不同的问题,如果提出求总数的问题,就用加法计算,如果提出谁比谁多(或少)的问题,就用减法计算。

 一站式训练

1. 白飞机有36架,黑飞机有14架,灰飞机有18架。

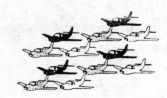

(1)白飞机和黑飞机一共有多少架?

(2)再增加几架灰飞机就和白飞机同样多?

(3)请你再提一个数学问题并解答。

2. 送报纸。

第一单元　第二单元　第三单元

第一单元	第二单元	第三单元
24 份	16 份	30 份

(1)第一单元和第二单元共订了多少份报纸?

(2)第三单元比第二单元多订多少份报纸?

(3)你还能提出什么数学问题?请你解决它!

7. 连加、连减、加减混合

用连加、连减、加减混合解决问题时，先要弄清题意，再根据要解决的问题和已知条件确定解决的方法。

 一站式训练

1. 妈妈带 100 元钱去商店买下列生活用品。

19元

40元

23元

妈妈带的钱够吗

2. 买玩具。

28元   16元   30元

买这三样玩具一共多少钱？

3. 树上有 70 个 🍐。

我摘15个

我摘20个

还剩多少个

4. 车上原有 42 人。

下9人   上14人

现在车上有多少人？

8. 单元综合练习

> 解决问题时,先要从情景图中弄清条件和问题,再根据条件和问题的关系去确定解决的方法。

 一站式训练

1. 算一算姐姐和妹妹共有各种邮票的枚数。

邮票	姐姐 (枚)	妹妹 (枚)	合计 (枚)
10分	25	10	
20分	36	20	
30分	29	6	
40分	8	45	
50分	20	32	

2. 浇花。

我浇了35盆花 小刚

我浇了9盆 小红

(1)他们一共浇了多少盆花?

(2)小红比小刚少浇多少盆花?

3. 下棋。

共下了52个棋子 白棋子下了20个

黑棋子有多少个

十五.认识时间

知识点击

1.钟面上的短针是时针,钟面上的长针是分针。

2.钟面上有 12 个大格,每个大格中有 5 个小格,时针走 1 大格是 1 小时,分针走 1 小格是 1 分钟。

3.1 时＝60 分

技法上传

要读出一个时间,需根据时针和分针的位置共同来确定,可以先看时针指在哪两个数之间,确定几时多,再看分针指向哪儿来确定几时几分。

例题示范

例1 比一比,谁起得早?

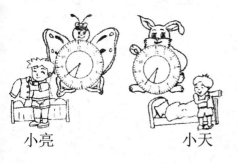

小亮　　　　　　小天

分析:先读出两个钟面上的时间,第一个钟面,时针走过了 6,是 6 时多,分针指向 8,是 40 分,小亮起床的时间是 6:40;小天起床的时间是 6:38,因此小天起得早。

解答:小天起得早。

例2 等妈妈。

妈妈还要过10分钟来接我

小亮

你知道妈妈什么时候来接小亮吗?

分析:先读出钟面上的时间,是 4:30,再过 10 分,可以用 30 分加 10 分是 40 分,即 4:40。

解答:妈妈 4:40 来接小亮。

1. 认识时间

"时间"和"时刻"是不一样的。"时间"表示的是某一点到另一点中间经过的一段时间;"时刻"表示的是某一点上的时间。

 一站式训练

1. 你能写出明明一天的作息时间吗?

早上起床 _____

去晨练 _____

读课外书 _____

晚上睡觉 _____

2. 爱学习。

我已经学习了20分钟,你知道我是从什么时候开始学习的吗 小兰

3. 比一比,谁先回到家?

2. 单元综合练习

正确读出时间,技巧在于既要看分针的位置,又要看时针的位置。

 一站式训练

1. 请你画出时针和分针。

(1)

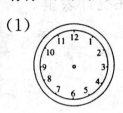

上海世博会世博园正常开放时间为上午 9 时

(2)

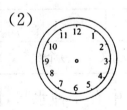

2010 年 8 月 7 日晚上 10 时甘肃舟曲发生特大泥石流

2. 下面的钟面显示的时间是( )。想一想:钟面上同样的时间,为什么小朋友做的事情不一样?

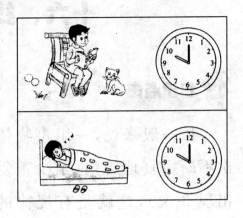

3. 当地时间各是几时几分。

北京 _____

香港 _____

东京 _____

巴黎 _____

伦敦 _____

纽约 _____

十六、找规律、统计

知识点击

1. 一般来说，一组事物依次不断重复地排列（至少重复出现 3 次），这就是有规律的排列。

2. 为了直观表示事物的数量，要用到统计图和统计表。

技法上传

1. 按照颜色的重复特点和形状的重复特点找规律。

2. 通过分一分、排一排、数一数的方法整理简单的数据。

例题示范

例1 画出盒子里串的珠子。

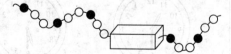

分析：通过观察，发现这串珠子的排列规律是●○○，盒子前面和后面都是一组●○○，所以盒子里应画出●○○。

解答：●○○

例2 数一数，每种水果有多少个？填在统计表里。

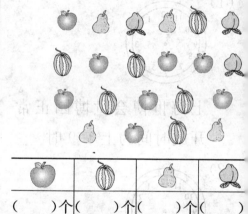

🍎	🍉	🍐	🍑
（　）个	（　）个	（　）个	（　）

分析：图中有 4 种水果，可以分类把每种水果的数量统计出来，然后把结果填在（　）里。

解答：

🍎	🍉	🍐	🍑
8个	6个	4个	3个

1. 找 规 律

数字变化的规律一般是按一列数每次递增或递减多少来找。

 一站式训练

1. 涂一涂，还有哪些是黑珠子呢？

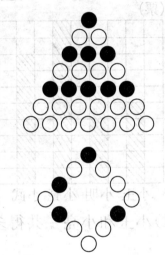

2. 盒子里有（   ）颗珠子。请你画一画。

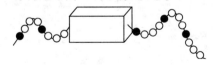

3. 小蚂蚁搬豆。（找规律写出小蚂蚁的编号）

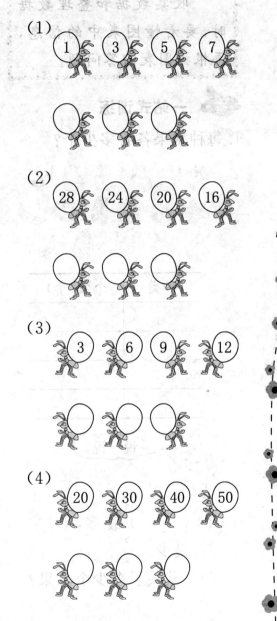

(1) 1 3 5 7

(2) 28 24 20 16

(3) 3 6 9 12

(4) 20 30 40 50

99

2. 统　　计

收集数据和整理数据时,要看懂图表中的信息,再根据图表回答问题。

 一站式训练

1. 每种水果各有多少个?

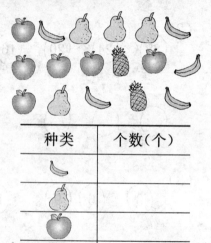

种类	个数(个)
🍌	
🍐	
🍎	
🍍	

 说一说。

(1)(　　　)最多,(　　　)最少。

(2)一共买了多少个水果?

(3)🍐比🍎少买几个?

(4)你还能提出什么问题?

2. 在班干部选举中,有四名班长候选人,他们的得票数如下:

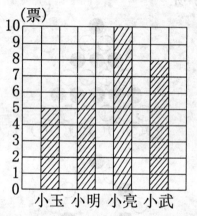

(1)小玉和小亮一共得多少票

(2)小亮比小明多得几票?

(3)如果我们班每人投一票,我们班一共有多少人?

100

3. 单元综合练习

看统计图,可以不用数方格,就直接看每条对准的数是几,就是几。

 一站式训练

1. 小姑娘缝被子。

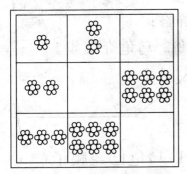

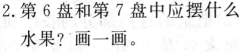

请你用线连一连,这3块花布应该缝在哪儿?

2. 第6盘和第7盘中应摆什么水果?画一画。

3. 下面是三位同学比赛做题时各自做对的情况。

小丽:正正
小兵:正丁
小红:正正

(1) 填写统计表。

小丽	小兵	小红
( ) 道	( ) 道	( ) 道

(2) 小丽比小兵多做对几道?

(3) 他们三人一共做对多少道题?

(4) 你还能提出什么数学问题?

十七、观察与测量

1. 从两个方向观察单一物体的形状时,看到的形状可能是不同的。

2. 在刻度上每相邻的两个刻度之间是 1 厘米,厘米用字母 cm 表示。米用字母 m 表示。1 米＝100 厘米

技法上传

量比较短的物体的长度,可以用厘米作单位;量比较长的物体或距离用米作单位。

例题示范

例1 下面的图分别是谁看到的? 连一连。

分析:小鸟在屋顶的上面,看到的是屋顶;小鸡在房子的侧面,看到的是侧门。

解答:

例2 乌龟夺红旗。

(1)乌龟已经爬了( )cm,离红旗还有( )cm。

(2)乌龟一共要爬( )cm。

分析:(1)这道题实际上就是要我们量出这两条线段的长度。测量时要把直尺上标有"0"的刻度对准线段的一端。(2)把量的这两部分的长度加起来就是乌龟一共要爬的距离。

解答:(1)乌龟已经爬了 2cm,离红旗还有 3cm。

(2)3+2=5(cm)

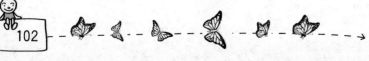

1. 观察与测量

观察物体要全面,要从前、后、左、右等不同角度、不同位置去观察。

 一站式训练

1. 小朋友看到的是哪一幅图?画"√"。

( )   ( )

2. 在街上。

他们分别看到的是哪一面?

连一连。

3. 激烈的小动物运动会开始啦!(单位:cm)

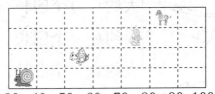

30 40 50 60 70 80 90 100

(1)全长是 100cm,也就是( )m。

(2)小马跑了( )cm,离终点还有( )cm。

(3)小兔跑了( )cm,比蜗牛快了( )cm。

(4)( )最有可能获得第一名。

2. 单元综合练习

掌握厘米和米这两个长度单位,最关键的是要了解它们的实际长度,可借助实物帮助记忆。

 一站式训练

1. 估一估。

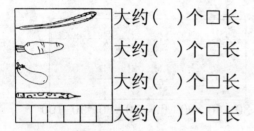

大约( )个□长

大约( )个□长

大约( )个□长

大约( )个□长

2. 小姑娘看到的是哪一幅图? 画"√"。

( )　　　　( )

3. 小华从家到学校一共要走多少米?

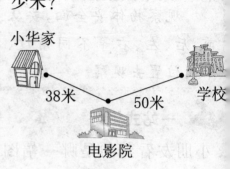

小华家

38米　50米　学校

电影院

4. 一根彩带长 1 米,小红包扎礼盒用了 60 厘米,这根彩带还剩下多少厘米?

学年综合练习

⭐ 一句话秘方

> 解决实际问题的关键是要弄清题意,从问题入手,根据要解决的问题与已知条件的关系去思考。

一站式训练

. 买书包。

应找回多少钱?

. 踢毽子。

我踢了35个

我踢了30个

(1) 他们两个人一共踢了多少个?

(2) 男孩比女孩多踢多少个?

3. 我搬了36盆花,还要搬7盆

爷爷要搬多少盆花?

4. 采蘑菇。

我采了45个蘑菇

姐姐,我只采了20个

妹妹再采多少个就和姐姐同样多?

一、做花。（20分）

我们组做了48朵

一组

我们组做了40朵

二组

1. 请你提一个用加法计算的问题，并解答。

2. 再提一个用减法计算的问题，并解答。

二、买衣服。（12分）

56.00元

30.00元

妈妈拿100元买这套衣服应找回多少钱？

三、买体育用品。（24分）

我买一个排球和一个足球

54元 30元 40元

方方

1. 一个🏀比一个🏀便宜多少钱？

2. 方方要花多少钱？

3. 你还能提出什么问题？

四、比年龄。（10分）

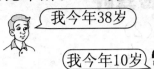

我今年38岁

我今年10岁

10年以后父亲比女儿大多少岁？

五、摘桃。（10分）

我摘了42个🍑　我摘了30个🍑

送给奶奶 20 个，还剩多少个？

六、买书。（8分）

科技书有25本

故事书有4本

再买多少本故事书就和科

技书同样多？

七、二年级有多少人参加学校运动会？（8分）

二(1)班　44人

二(2)班　40人

八、加工零件。（8分）

要加工86个零件

已经加工了70个

还要加工多少个？

全国小学生数学神机妙算杯
——应用题竞赛卷(2)

一、每人要写 36 个大字。(24 分)

我写了20个　我写了15个

小妍　小军

小雪

我再写14个就写完了

1. 小妍还要写多少个大字?

2. 小军还要写多少个大字?

3. 小雪已经写了多少个字?

4. 你还能提出什么问题? 请你解决它!

二、同学们排队买票。(10 分)

我前面有14人,后面有7人

小红

这一队共有多少人?

三、啄木鸟吃虫子。(8 分)

我吃了8条虫子,还要再吃7条

啄木鸟要吃多少条虫子?

四、吹泡泡。(8分)

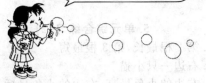

我吹了17个泡泡

你猜猜破了几个？

五、植物园的花开放了。(20分)

	已开	已摘	还剩
	18朵	9朵	（　）朵
	（　）朵	8朵	27朵
	32朵	（　）朵	20朵
	（　）朵	14朵	9朵

六、种树。(10分)

要种26棵树。　已经种了10棵。

还要种多少棵树？

七、小小养鸡场。(20分)

小鸡有40只

母鸡有24只

公鸡有8只

1. 一共有多少只鸡？

2. 你能提出什么数学问题？请你解决它！

参考答案

一、数一数

1.数一数
1.9 8
2.6 只
3.小兔子第3,小山羊第6
4.1 8 2 6 1 2 2 1

2.单元综合练习
1.7 3 5 3 5 7 7
2.5 个
3.1 3 4 6 9 0;2 5 7 8
4.5320648;6890537
5.7 只

二、比一比

1.比多少 比大小
1.多 少
2.(1)同样多 (2)小兔多,猴子少
(3)同样多
3.小方家的大,小丽家的小

2.比高矮 比长短
1.下面一条路近
2.(1)√
3.第一根最短,第三根最长
4.第一根矮,第二根高
5.第1幢最矮,第2幢最高

3.比轻重 比厚薄
1.大象重
2.第二条被子重
3.香蕉 苹果 橘子
4.棉袄厚,裙子薄
5.第二条厚,第一条薄
6.第一块厚,第二块薄
7.第一团重,第二团轻

4.单元综合练习(1)
1.(1)5 7 4 3 (2)多 多
2.(1)② (2)①
3.右边的小朋友

5.单元综合练习(2)
1.第2根最长,第3根最短
2.右边一只小猫
3.左边的小兔最高,右边的小兔最矮
4.能
5.小鸭

三、10以内数的认识

1.10以内数的认识
1.5 8 6 4
2.6 8 9 10

2.比大小
1.(1)多 > < (2)同样多 =
2.(1)同样多 = (2)少 < (3)多 >
3.7 9 小霞

3.数的分与合
1.(1) 8 / 1 7 (2) 8 / 2 6 (3) 8 / 3 5
(4) 8 / 4 4
2.6 5 4 3 2 1
3.9;8;3 7;4 6;5 5;6 4;7 3;8
2;9 1
4.3 2(或 4 1)

4.几个和第几个
1.(1)5 (2)2 (3)4
2.2 3 4
3.(1)5 (2)7 1 3 4
4.(1)7 (2)2 (3)3 (4)5 (5)7

5.单元综合练习
1.小鸭子
2.略
3.略
4.(1)6 (2)3 5.5 种

四、认识物体

1.认识物体
1.略

110

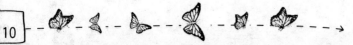

2.4　3　4　4

3.圆柱、球

2.有趣的拼搭

1.8　5　7　8

2.4　1　4　2

3.6　4　4　3

3.单元综合练习

1.6 种

2.圆柱　长方体　正方体　球

3.1　4　5　2

4.8　4　4

五、分　类

1.分类(单一标准)

2.②③⑦⑧;①⑤⑥⑨⑩;④⑪⑫

2.分类(不同标准)

1.(1)①⑥⑦;②④⑧;③⑤⑨

(2)①③⑧;②⑤⑥;④⑦⑨

2.①④　②③;①③　②④

3.①④　②③;①③　②④

3.单元综合练习

1.苹果　花　剪刀　三角形

2.(1)②⑤⑫;(2)③④⑥⑦⑨;(3)①⑧⑩⑪

3.(2)按有没有戴帽子分类

六、10 以内数的加减法

1.得数在 5 以内数的加法

1.(1)3+2=5　(2)3+2=5

2.(1)2+2=4　(2)1+3=4

(3)3+2=5

3.(1)2+3=5　(2)2+0=2　(3)2+2=4

2.得数在 5 以内数的减法

1.(1)3-2=1　(2)5-2=3

(3)5-3=2

2.(1)5　(2)5-1=4　(3)4-2=2

(4)2-2=0

3.4-3=1　4.5-2=3

3.得数在 5 以内数的加减法

1.(1)4-1=3　(2)5-3=2

2.(1)4+0=4　(2)0+4=4

3.(1)1　(2)1

4.(1)3-1=2　(2)5-2=3

4.有关 6、7 的加减法

1.(1)2+4=6　4+2=6　(2)4+3=7

3+4=7　(3)7-2=5　7-5=2

2.(1)4+2=6　(2)7-4=3

(3)7-1=6　(4)6-3=3

5.有关 8、9 的加减法

1.(1)6+2=8　2+6=8　8-2=6

8-6=2

(2)5+4=9　4+5=9　9-4=5

9-5=4

2.(1)4+4=8　(2)8-3=5

(3)5+4=9　(4)9-2=7

6.10 的加减法

1.8+2=10　2+8=10　10-2=8

10-8=2

2.(1)5　(2)7　(3)2　(4)6　(5)4

(6)3

3.(1)3+7=10　(2)10-4=6

7.10 以内数的加减法

1.6+4=10　4+6=10　10-6=4

10-4=6

2.6+4=10

3.9-4=5

4.(1)8-1=7　(2)6+3=9

(3)6-2=4

8.连　加

1.(1)2+2+3=7　(2)3+4+3=10

(3)4+2+2=8　(4)2+1+3=6

2.3+4+2=9

3.3+5+1=9

4.3+4+2=9

9.连　减

1.7-2-3=2

2.(1)10-5-2=3　(2)9-2-4=3

3.10-3-2=5

4.(1)10-4-3=3

(2)9-2-3=4

10.加减混合

1.(1)6−3+4=7　(2)3+5−2=6
2.6−1+4=9
3.7−3+5=9
4.6+3−5=4
5.(1)7−3+2=6　(2)10−2+1=9

11.单元综合练习(1)

1.(1)6+2=8　2+6=8　8−2=6
　　8−6=2
　(2)8+2=10　2+8=10　10−2=8
　　10−8=2
2.8−3=5　10−3=7　3−1=2
3.2+3=5　3+1=4(此题有多种答案)

12.单元综合练习(2)

1.5　2　3　5−2=3
2.4−1=3
3.8−1−2=5
4.(1)10−3−2=5　(2)4+5=9

13.单元综合练习(3)

1.(1)7+2=9　2+7=9　9−2=7
　　9−7=2
　(2)6+4=10　4+6=10　10−4=6
　　10−6=4
2.8−1−3=4
3.(1)2+2=4　(2)2+3=5
　(3)1+2=3

14.单元综合练习(4)

1.1+2=3　4−2=2(此题有多种答案)
2.5
3.6
4.(1)5−3+1=3　(2)7−3=4
　(3)6−2−1=3

七、11～20各数的认识

1.数数、读数

1.11　12　13　16　17　18　19;20　19
　17　15　14　12　11
2.15　14　18
3.18
4.略

2.数的组成、比较大小

1.15　20　18
2.1　6　16;1　4　14;2　20
3.17条
4.18个的那筐

3.十加几和十几减几

1.(1)10+3=13　3+10=13　13−3
　　=10
　　13−10=3
　(2)10+7=17　7+10=17
　　17−7=10　17−10=7
2.(1)18−3=15　(2)12+5=17
　(3)10+6=16　(4)15−5=10
3.10+6=16

4.单元综合练习

1.18
2.(1)12+6=18　　　(2)10+3=13
　　6+12=18　　　　3+10=13
　　18−6=12　　　　13−3=10
　　18−12=6　　　　13−10=3
3.(1)14+4=18　(2)12−2=10
4.17个

八、20以内数的进位加法

1.9 加几(1)

1.9+4=13
2.9+6=15
3.9+5=14
4.9+3=12
5.14　11　18
6.9+3=12

9 加几(2)

1.9+5=14
2.9+4=13
3.9+2=11
4.9+4=13
5.9+3=12

2.8、7、6 加几(1)

1.15　15　11
2.8+6=14

3.6＋5＝11

4.4＋7＝11

5.8＋6＝14

8、7、6 加几(2)

1.(1)8＋7＝15　(2)7＋6＝13　(3)略

2.(1)9＋6＝15　(2)7＋9＝16

(3)8＋7＝15　(4)略

3.5、4、3、2 加几(1)

1.(1)2＋9＝11　(2)4＋8＝12

2.5＋8＝13

3.5＋6＝11

4.12　13　11　11

5、4、3、2 加几(2)

1.5＋6＝11　　4＋7＝11

2.4＋8＝12　　3＋9＝12

3.7＋5＝12

4.4＋9＝13

4.单元综合练习(1)

1.4＋7＝11

2.7＋4＝11

3.6＋5＝11

4.(1)5＋9＝14　(2)略

5.单元综合练习(2)

1.4＋9＝13

2.(1)8＋7＝15　(2)6＋9＝15

3.7　4　11　　7＋4＝11

4.8　4　12　　8＋4＝12

5.6＋6＝12

6.单元综合练习(3)

1.8＋9＝17　　7＋6＝13　　8＋4＝12

2.9＋6＝15

3.6＋9＝15

4.7＋5＝12

7.单元综合练习(4)

1.8＋5＝13

2.(1)7＋9＝16　(2)7＋6＝13

(3)略

3.14　16　13　15

九、20 以内数的退位减法

1.十几减 9(1)

1.(1)13－9＝4　(2)16－9＝7

(3)17－9＝8

2.14－9＝5

3.15－9＝6

4.11－9＝2

十几减 9(2)

1.6＋9＝15　15－6＝9　15－9＝6；

7＋9＝16　16－7＝9　16－9＝7

2.15－9＝6

3.14－9＝5　　9＋5＝14

4.13－9＝4

2.十几减 8、7(1)

1.(1)16－8＝8　(2)15－7＝8

(3)7＋5＝15

15－7＝8

15－8＝7

2.14－7＝7

3.(1)14－8＝6　(2)14－7＝7

十几减 8、7(2)

1.(1)12－8＝4　(2)11－7＝4

(3)7＋9＝16

16－7＝9

16－9＝7

2.15－7＝8

3.11－8＝3

4.15－7＝8

3.十几减 6、5、4、3、2(1)

1.14－6＝8　　9＋5＝14　　12－3＝9

2.9　5　　14－9＝5

3.(1)13－9＝4　(2)13－6＝7

十几减 6、5、4、3、2(2)

1.(1)13－6＝7　(2)13－7＝6

2.(1)11－5＝6

(2)4＋7＝11

11－4＝7

11－7＝4

3.13－6＝7

4.13－6＝7

4.单元综合练习(1)

1.12　4　8　8

2.(1)7＋6＝13

13－7＝6

13－6＝7

(2)14－4＝10

3. 14－9＝5

4. 12－6＝6

5. 单元综合练习(2)

1. (1)11－2＝9

　　(2)6＋5＝11

　　　5＋6＝11

　　　11－5＝6

　　　11－6＝5

2. 还剩多少个?　14－8＝6

3. 二组有几人?　15－6＝9

6. 单元综合练习(3)

1. 还剩几个?　11－4＝7

2. 梨有几个?　14－7＝7

3. 16－9＝7

4. (1)14－7＝7　(2)14－5＝9

7. 单元综合练习(4)

1. 12－5＝7

2. (1)7＋5＝12　12－7＝5　12－5＝7

　　(2)11－3＝8

3. 12－4＝8

4. (1)15－8＝7　(2)15－7＝8

十、位　置

1. 上下、前后、左右

1. 前　后

2. (1)右 (2)左 (3)右

3. 前　后　后

4. 上　下

2. 位　置

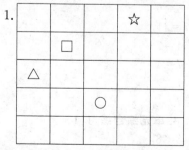

2. (1)2　5　(2)6　(3)3　4　(4)3　2

3. 略

3. 单元综合练习

1. 上　下

2. 右　左

3. 上　下　上　下

4. (1)后　前　(2)2　5　3

十一、认识图形

1. 认识图形

1. 略

2. (1)○　(2)□　(3)▭

3. ①④⑦;③⑤;⑥⑧;②⑨

2. 拼组图形

1. 略

2. 4　2　2　5

3. 2　6　1　3

4. 6　2　3　4

3. 单元综合练习

1. 相等　相等

2.

5	8	2
3	4	7
9	6	1

3. 4　1　3

十二、100以内数的认识

1. 100以内数的认识

1. 100 个

2. 33　27

3. 5　4　54　5　2　52

2. 100以内数的读写

1. 51　62

2. 31　100　40　35

3. 41　40　45　43　46　47;36　66　76　56　46　96

3. 数的顺序、大小比较

1. 略

2. 48

3. 18 米

4. 47 个

4. 整十数加一位数和相应的减法

1. 够

2. 34－4＝30(人)

114

.60＋9＝69(张)

.48－8＝40(罐)

5. 单元综合练习

.30＋8＝38(个)

.(1)59 张　(2)20 张

.30＋6＝36(人)

.20＋9＝29(元)

十三、认识人民币

1. 认识人民币

.100 元　10 元　20 元　50 元　1 元
5 角

.35 元　10 元 7 角　10 元 5 角

.2 支钢笔;1 个文具盒和一把尺;1 支水
彩笔和一个日记本

2. 简单的计算

.2 元＋3 元 2 角＝5 元 2 角;24 元 2 角;
16 元

.(1)9 元 4 角　(2)1 元 2 角

(3)7 元 3 角　(4)略

3. 单元综合练习

.略

.(1)66 元　(2)5 元　(3)22 元 5 角

(4)12 元　(5)4 元

十四、100 以内数的加减法

1. 两位数加一位数和整十数(1)

.96 元

.38＋40＝78(页)

.(1)24＋9＝33(筐)

(2)9＋30＝39(筐)

.74＋8＝82(本)

两位数加一位数和整十数(2)

.一共钓了多少条鱼? 46＋30＝76(条)

.32＋9＝41(朵)

3.(1)23＋20＝43(只)　(2)略

2. 两位数减一位数和整十数(1)

.42－30＝12(个)

2.25－6＝19(头)

3.32－20＝12(个)

.48＋5＝53(个)

两位数减一位数和整十数(2)

.(1)24－6＝18　(2)24－6＝18

2.(1)31－9＝23(辆)

(2)31－9＝23(辆)

3.(1)30－6＝24(岁)

(2)35－6＝29(岁)

(3)略

3. 两位数加、减一位数和整十数

1.(1)一共吃了多少只虫子?

44＋30＝74(只)

(2)啄木鸟比燕子多吃多少只虫子?

44－30＝14(只)

2.(1)23＋40＝63(元)

(2)9＋23＝32(元)

(3)40－9＝31(元)

(4)略

4. 两位数加两位数

1.36＋12＝48(人)

2.14＋26＝40(盆)

3.32＋24＝56(个)

4.17＋24＝41(人)

5. 两位数减两位数

1.46－22＝24(棵)

2.42－12＝30(把)

3.63－54＝9(只)

4.32－18＝14(元)

6. 两位数加、减两位数

1.(1)36＋14＝50(架)

(2)36－18＝18(架)

2.(1)24＋16＝40(份)　(2)30－16＝14(份)

(3)略

7. 连加、连减、加减混合

1.19＋40＋23＝82(元)　82 元＜100 元
够

2.28＋16＋30＝74(元)

3.70－20－15＝35(个)

4.42－9＋14＝47(人)

8. 单元综合练习

1.35　56　35　53　52

2.(1)35＋9＝44(盆)

(2)35－9＝26(盆)

3.52－20＝32(个)

十五、认识时间

1. 认识时间

1. 7：00　7：20　4：35　9：00
2. 2：10　3. 熊

2. 单元综合练习

1. 略
2. 10：00　第一幅图是早上 10 时；第二幅图是晚上 10 时。
3. 7：30　7：30　8：30　12：30　10：30　6：30

十六、找规律、统计

1. 找规律

1. 略
2. 4　
3. (1)9　11　13　(2)12　8　4　(3)15　18　21　(4)60　70　80

2. 统　计

1. 5　4　6　2
   (1)
   (2)5＋4＋6＋2＝17(个)
   (3)6－4＝2(个)
2. (1)5＋10＝15(票)　(2)10－6＝4(票)
   (3)5＋6＋10＋8＝29(人)

3. 单元综合练习

1.
2.
3. (1)10　7　9　(2)10－7＝3(道)
   (3)10＋7＋9＝26(道)　(4)略

十七、观察与测量

1. 观察与测量

1. 第二幅图
2. 略
3. (1)1　(2)90　10　(3)80　40
   (4)小马

2. 单元综合练习

1. 5　3　2　4

2. 第二幅图
3. 38＋50＝88(米)
4. 1 米－60 厘米＝40 厘米

学年综合练习

1. 50－25＝25(元)
2. (1)35＋30＝65(个)
   (2)35－30＝5(个)
3. 36＋7＝43(盆)
4. 45－20＝25(个)

全国小学生数学神机妙算杯——应用题竞赛卷(1)

一、1. 一共做了多少朵？
　　48＋40＝88(朵)
2. 二组比一组少做多少朵？
　　48－40＝8(朵)
二、56＋30＝86(元)　100－86＝14(元)
三、1. 54－30＝24(元)
2. 54＋40＝94(元)
3. 排球比足球多多少钱？
　　54－40＝14(元)
四、38－10＝28(岁)
五、42＋30－20＝52(个)
六、25－4＝21(本)
七、44＋40＝84(人)
八、86－70＝16(个)

全国小学生数学神机妙算杯——应用题竞赛卷(2)

一、1. 36－20＝16(个)
2. 36－15＝21(个)
3. 36－14＝22(个)
4. 他们一共写了多少个大字？20＋15＋14＝49(个)(此题有多种答案)
二、14＋7＋1＝22(人)
三、7＋8＝15(条)
四、17－8＝9(个)
五、9　35　12　23
六、26－10＝16(棵)
七、1. 24＋8＋40＝72(只)
2. 母鸡比公鸡多多少只？
　　24－8＝16(只)(此题有多种答案)